Wulf Gero Fackiner

Tyrone der Walfänger

Roman

Dies ist all jenen gewidmet, die noch von Abenteuern träumen.

Von fernen Gefilden.

Herstellung und Verlag: BoD – Books on
Demand, Norderstedt

Titel der Erstausgabe: Tyrone der Walfänger
1. Auflage: Februar 2020

ISBN: 9783749435012

Vorwort

Der *Tyrone* ist von Beginn an ein Werk gewesen, das mir sehr am Herzen gelegen hat. Aus einer Begegnung und einer spontanen Eingebung heraus entstanden, habe ich es schon mehrmals für beendet erklärt. Zum ersten Male 2006 und dann endlich 2008, als die erste Auflage erschien. Allerdings muss ich erkennen, dass dieser Roman eine Art Genese erfährt und dass es immer wieder Aspekte gibt, die ich gerne vertiefen oder erneuern möchte. Schließlich sind es von vornherein Träume, aber auch persönliche Erlebnisse gewesen, die den *Tyrone* mit Leben erfüllt haben.

Meine Zeit in Kanada etwa, in der ich auf Spuren der Ureinwohner wandelte und mit einem Schlittenhundegespann oder auf Schneeschuhen unterwegs war, ließ mich unweigerlich wieder zum Walfänger zurückkehren. Umso mehr natürlich auch ein Lebenstraum, den ich mir vor kurzem erfüllen konnte, nämlich ein siebenmonatiger Segeltörn über den Atlantik auf einem traditionellen Segelschiff. Dieses Projekt beschwor täglich unweigerlich den alten *Tyrone* und ich konnte kaum stillsitzen, bis ich nicht wieder Zwiesprache mit ihm halten konnte.

Dieses Buch hat keinerlei Anspruch auf allzu große historische Genauigkeit, wenn sich die Geschehnisse auch an realen Vorbildern anlehnen. Bei der Beschreibung mancher Dinge jedoch, etwa des historischen Vancouver von 1870, habe ich mir dichterische Freiheiten herausgenommen und Wahrheit mit persönlichen Erlebnissen und Empfindungen für diese wunderbare Stadt verknüpft.

Auch die Ereignisse auf Haida G'waii (ehemals Queen Charlotte Islands) sind erdichtet, wenngleich derartige Massaker an indigenen Stämmen und Völkern historisch in zahlreicher Form belegt sind, und das leider nicht nur in Kanada.

Was nun folgt, ist – so nehme ich an – die definitive Version eines Jugendtraumes, der mich noch immer nicht losgelassen hat.

Mitten auf dem Atlantik, im Dezember 2013

Die Beringsee, 1870

Die Gischt spritzte ihm ins Gesicht, die schäumenden Wogen leckten am mächtigen Bug des Schoners und der eisige Nordwind zerzauste sein langes, ungekämmtes Haar. Es war früher Morgen, und noch kein bisschen Röte war an der fahlen Kimm zu sehen, nur ein tiefes Grau wies auf den kommenden Tag hin.

Dies war einer der Momente, die er so liebte, für die Gott seine Gebeine und sein Fleisch geformt und auf die Erde hinabgeschleudert zu haben schien, für die er lebte; wenn er das frische Salz auf den Lippen schmeckte, so irdisch, so gegenwärtig und real wie er selbst, wenn er fühlte, wie jene Böen, die mächtig genug waren, einen ganzen Ozean in Wallung zu bringen, das kleine Schiff auf so vollkommene Weise vorantrieben, das Großsegel blähten und die Gaffel knarrend überholen ließen. Der Wind trieb sein Spiel mit der kleinen amerikanischen Nationale im Großmast und zerrte an seinem langen Bootsrock, es war, als sei ein ständiges Leben in dieser Gewalt, ein Leben, das niemals erlosch oder ausgelöscht werden konnte, sondern ständig von neuem alles auf dieser Erde antrieb, bewegte, selbst mit Leben erfüllte.

Und wie wunderbar wir es zu nutzen gelernt haben, dachte er, wie wunderbar doch jede Planke unter seinen Füßen, jeder Nagel seinen Dienst tat und dieses Boot zu einer funktionierenden Einheit machte, einer Einheit, die vielen Stürmen trotzen könnte, mehr als irgendein anderes Schiff hier draußen...

Er drehte sich halb um, sah im wilden Halbdunkel des Schiffes Tawson, den ersten Maat, der gerade mit einem verbeulten Blechbecher aus dem Niedergang der Kombüse kam und ihm zuwinkte.

„Morgen Sir, wollen Sie auch einen Kaffee?"

„Nein Lionel, lass mir einen Rum bringen oder einen Whiskey!"

„Aye, Sir, aber ich glaube, Skip hat unten nur noch von dem Wodka, den wir diesem russischen Kutter abgekauft haben."

„Dann weck den Captain, der hat noch ein ganzes Fass in seiner Kajüte. Ich will was Anständiges trinken und nicht so ein Gesöff am frühen Morgen."

„Ja, Sir, wenn Sie meinen." Tawson wandte sich dem Heck zu, hielt sich kurz an der Luvreeling fest, als eine See das Schiff stark überholen ließ, und stapfte dann breitbeinig und zielsicher auf die Kajüte zu.

Als der Maat verschwunden war, wandte er sich wieder nach vorne und starrte auf das tosende Meer. Nun endlich erreichte auch der erste Streifen zarter Röte sein Auge, und es erstaunte ihn, dass er während des Gesprächs mit dem Maat den Moment verpasst hatte, an dem Nacht und Tag sich begegnen, wie mit einem scheuen, zarten Kuss, um sich gleich darauf wieder zu trennen, so, als müsse jeder der beiden Handelnden seinen eigenen Pflichten nachgehen, und nichts bliebe, als dieser eine, kurze Moment, in dem sie innehalten konnten.

Dieser Captain war ein komischer Vogel, dachte er, ganz anders als er selbst, er würde niemals vor Anbruch der Dämmerung hier hinaus kommen um dieses einmalige Schauspiel zu genießen, für das man noch nicht einmal zu reservieren brauchte. Captain Thomas Conway war einer jener Männer, für welche die Seefahrt nur ein Handwerk darstellte, ein Geschäft, mit dem man am besten schnell Geld verdiente, um sich möglichst ebenso schnell wieder davon zurückzuziehen. Genauso oder noch schlechter dachte dieser Conway wahrscheinlich auch über den Walfang, überlegte er sich, und es bereitete ihm fast Vergnügen, dass Tawson nun gehen und ihn wecken würde. Er musste grinsen und seine Zähne, so weiß wie Elfenbein, schimmerten im ersten Tageslicht.

„Ihr Whiskey, Sir, ein guter Bourbon aus dem alten Süden, Sir." riss Tawson ihn aus seinen Gedanken. Er nahm den Becher, führte ihn zum Mund, nahm das Aroma auf und trank ihn in einem Zug leer. „Danke, Mr. Tawson. Was macht der Captain?"

„Es geht ihm besser, Sir, bedeutend besser als gestern. Der Doktor sagt, es war vielleicht doch kein Fieber, nur eine Erkältung, er soll sich nur noch etwas schonen..."

„Dazu wird es nicht mehr lange Gelegenheit geben, und das wissen Sie auch, Tawson. Wir stoßen bald in die guten Fanggebiete vor, und beim Walfang brauche ich jeden Mann an Deck, entweder zur Führung des Schiffes oder für die Jagd."

Zur Bekräftigung seiner Worte blickte er auf die ölige Pardune, unter der sich das mächtige Bug-Harpunengeschütz verbarg.

„Aye, Sir, das ist wahr, Sie haben recht, er wird schon wieder auf die Beine kommen bis dahin."

„Bei dem Wind, und wenn wir nicht zu sehr vom Kurs abgekommen sind, dürften wir in zwei Tagen auf eine gute Walroute treffen, so dick und prall wie eine Schlagader. Also soll er seine Schwäche zum Teufel jagen und sich auf das große Geschäft vorbereiten. Denn wenn ich erfolgreich bin, und das pflege ich zu sein, werden auch in seinem Geldbeutel wieder amerikanische Dollars klingeln."

„Aye Sir." meinte der schlohweiße Maat, tippte sich an die Strickmütze und schlich davon.

Conway

Warum war er immer so aufgebracht, wenn er an Conway dachte? Wahrscheinlich lag es einfach daran, dass ihn Männer dieses Schlages anwiderten und dass sie ihm in seinem bewegten Leben schon viel zu häufig begegnet waren. Aber es nützte nichts; sie starben nicht aus, sie waren wie Geschmeiß, und er musste sich immer zusammennehmen, sie nicht einfach zu zertreten, wenn er ihnen begegnete. Er atmete noch einmal tief durch, schmeckte Salz, Algen, alles Leben dieser faszinierenden See, als deren Teil er sich fühlte, und ging dann mit schnellen Schritten auf die Niedergangstür des Kajütgebäudes im Heck des Schoners zu. Die *Whale* war ein prächtiges Schiff, und sie maß gut und gerne ihre 95 Fuß vom Bug bis zum Heck. Obwohl der Seegang hoch war, musste er sich jedoch nicht einmal in den Wanten oder an der Reling festhalten- die Jahre auf See hatten seinen Gang so geschmeidig wie den eines Tigers gemacht, und er glich automatisch jede Bewegung unter seinen schweren Schuhen mit der Verlagerung des Gleichgewichts aus.

Unter Deck klopfte er sofort an der Tür des Captains und trat dann ein, ohne auf eine Bestätigung zu warten.

Captain Conway saß angekleidet an seinem kleinen Tisch, vor sich eine tranige Lampe sowie einen Teller mit gebratenem Pökelfleisch und Schiffszwieback. Er war ein mittelgroßer, eher hagerer, dunkelhaariger Mann in den Vierzigern mit südlichem Einschlag. Seine Haare waren kurz geschnitten und er trug einen sorgfältig gestutzten

Schnurrbart, der ihm, durch seine eng beieinanderstehenden, dunklen Augen noch verstärkt, das Aussehen eines auf Beute lauernden Geiers verlieh. Er sah auf: „Morgen, Tyrone." sagte er mit seltsam samtener, tiefer Stimme.

„Sie sind wie immer früh auf. Das spricht für Sie und den Eifer, mit dem Sie auf dieser Fahrt ans Werk gehen. Doch bitte ich Sie in Zukunft, mich nicht aus meinem Erholungsschlaf zu reißen, nur weil Sie einen Drink wollen. Sie wissen, dass es mir nicht gut geht und Sie wissen auch, dass es auf diesem Schiff genug Alkohol gibt, um ein ganzes Regiment für einen Monat ins..."

„Ich wollte was trinken." unterbrach ihn Tyrone. Er trat bis auf wenige Schritte an den Tisch heran. „Was Vernünftiges. Und ich kriege was ich will. Immer."

Conway sah an seinem Gegenüber hoch. Er mochte ihn nicht, er fürchtete ihn vielmehr. Bill Tyrone war eine wahrhaft imposante Erscheinung, sechs Fuß hoch und ungeheuer breit. Seine Schultern schienen aus massivem Metall gegossen, und selbst durch den schweren Rock hindurch sah man, wie sich die enormen Muskeln an Armen und Brust spannten. Seine Bewegungen aber waren die eines sehr viel leichteren Mannes, und obwohl er weit über zweihundertzwanzig Pfund wog, bewegte er sich behände, beinahe grazil.

Das Gesicht Tyrones war wie aus Stein gemeißelt, hart und unnachgiebig blickten die eisblauen Augen aus tiefen Höhlen, die Nase war an mehreren Stellen gebrochen. Seine Kiefer schienen die eines Hais, es wirkte, als können sie alles zermahlen, was zwischen sie kam. Ein ungepflegter, dunkelblonder Bart umrahmte sein breites kupferfarbenes Gesicht, sein Haar war wie die Mähne eines Löwen. Das Einzige, was irgendwie nicht stimmig erschien, war der Mund- er war groß und sinnlich und hätte eher zu einem Schöngeist und Dichter gepasst denn zu diesem rauen Koloss.

Trotz allem war Tyrone auf seine wilde Art gutaussehend, und schon manches Frauenherz war bei seinem Anblick zerschmolzen.

Dies war kein Mann, mit dem man spaßte und den man an der Nase herumführen konnte, dass wusste Conway, und er wusste auch, was man erwarten konnte, wenn man ihm widersprach.

„Wir werden bald die guten Fanggebiete erreichen." sagte Tyrone in seinem tiefen, trägen Bariton. „Dann sollten Sie besser gesund sein. Wir alle müssen an einem Strang ziehen."

„Ich komme schon auf die Beine." erwiderte Conway, und stocherte in seinem Frühstück herum. „Nehmen Sie einen Drink? Einen hatten Sie ja bereits, aber ich denke..."

„Sicher, Sie kennen doch meine Gepflogenheiten: In der Frühe ist es am besten." Tyrone lächelte, und die elfenbeinfarbenen Zähne wurden wieder sichtbar.

Conway stand auf, ging zu einem kleinen, mit Intarsien verzierten Schränkchen und holte eine Flasche und zwei Schnapsgläser hervor. Es war guter irischer Whiskey und er schenkte großzügig ein:

„Sie haben völlig recht, Tyrone, wir müssen jetzt alle an einem Strang ziehen, jetzt, da wir dem Ziel dieser Fahrt so nahe sind. Wir sollten persönliche Animositäten in den Hintergrund stellen. Trinken wir auf den Erfolg dieser Jagd."

„Auf den Erfolg." meinte der Angesprochene, drehte das Glas in der Hand und stieß mit dem Captain an.

„Welche Wale, denken Sie, werden wir sichten, Mister Tyrone?"

„Es gibt in dem Gebiet, auf das wir zusteuern, ziemlich viele der kleineren Narwale, die ganze Beringsee ist voll davon, eben solche, die ich auch schon oft vor Grönland gejagt habe, aber wir müssen uns gut überlegen, ob sich die Jagd auf die Rudel solcher Tiere lohnt, oder ob wir nicht besser auf die viel größeren Finnwale jagen, oder..." er machte eine Pause, „...auf die großen Blauen."

„Blauwale?" Conway schien skeptisch. „Ist das nicht immer ein Risiko für die Mannschaft und das Schiff?"

„Sehen Sie, die *Whale* ist ein gutes Schiff und stabil gebaut- ich habe schon auf bedeutend kleineren Nussschalen gejagt- auch auf den Blauwal. Hinzu kommt die neue Harpunenkanone, die Sie in San Francisco erworben haben und die eine solche Jagd erheblich leichter und ungefährlicher macht. Sie wird mit einer Harpune geladen, an deren Spitze sich ein Sprengkörper befindet- bald ein Pfund Pulver. Detoniert sie im Rücken des Tieres, ist so gut wie jeder Wal erledigt. Wenn wir also das Risiko eingehen, auf die Großen zu jagen, wäre wahrscheinlich schon mit einem Fangerfolg die Reise mehr als nur erfolgreich- in Frisco kriegen wir wirklich viel für eine solche Menge Tran, vom Bein gar nicht zu reden."

„Interessant." Conway schenkte nach. „So gesehen haben Sie Recht. Wir könnten bald wieder nach Amerika zurücksegeln und diese mörderische See sich selbst überlassen."

Tyrone sah ihn an, den Drink in den Händen. „Ich werde wieder in See stechen, wenn diese Fahrt beendet ist, da bin ich sicher. Die See ist doch das wahre Leben. Mal ist sie so ruhig und friedlich, und keine Woge mag den glatten Spiegel des Wassers zu durchbrechen, das gilt besonders für die Südsee oder den Golf von Mexiko, und ein andermal ist sie ungestüm, gewaltig, mörderisch und es sieht aus, als wolle sie alles zerstören und ertränken, und jedes Schiff, das sie befährt, ist in Not. Das Land hat mich nie so in den Bann geschlagen. Es gibt Wälder, Gebirge und Wüsten, und zwischendurch stößt man immer wieder auf Menschen. Die einen sind freundlich, andere seltsam, manche sogar gewalttätig und gefährlich; ich habe viele Länder bereist, bin schon oft in Schwierigkeiten gewesen, aber es gab auch schöne Stunden. Solche, in denen ich einen schnellen Dollar gemacht hatte, mit Frauen zusammen war und tagelang nur trinken konnte, ohne für mein Weiterleben schuften zu müssen. Aber dennoch, das Leben an Land ist nichts für mich, nicht unbedingt."

„Ich kann Sie nicht verstehen, Tyrone. Für mich gibt es nichts Besseres, als an Land zu sein, die Taschen voller Geld, in meinem Haus in Louisiana zu sein und die Füße dem prasselnden Kamin entgegenzustrecken. Sie hingegen scheinen Gefahren aller Art zu lieben: Entweder kämpfen Sie für die Armee, sind auf Walfang, oder Sie schürfen nach Gold und jagen Bären. All diese Risiken, Sie wissen am Morgen nie, ob Sie den Abend noch erleben werden. Ist Ihnen ein solches Leben nicht einfach zu anstrengend, werden Sie nicht auch älter?"

„Das werde ich, Captain." erwiderte Tyrone und leerte sein Glas.

„Ich spüre es auch, aber ich will und werde mein Leben nicht ändern. Solange ich kann, werde ich zur See fahren. Und das wird noch einige Jahre so gehen. Sie entschuldigen mich jetzt, ich muss an Deck." Er deutete auf die Flasche: „Guter Tropfen."

Conway sah ihm nach, als der Walfänger sich durch die enge Tür der Kajüte zwängte und dann die Niedergangsleiter hinaufstieg.

So ruhig, so würdevoll, stets jeden seiner Schritte berechnend; dies war wahrlich niemand, den man zum Feind haben sollte, dachte der Captain. Schon ein seltsamer Bursche, dieser Tyrone. Was Conway über seine Vergangenheit wusste, waren meistens Gerüchte, und viele dieser Geschichten hielt er für maßlos übertrieben, aber selbst wenn nur ein Teil der Wahrheit entsprach, überlegte Conway, wäre dieser Tyrone einer, der selbst dem Teufel Feuer an den Schwanz legen würde, vorausgesetzt, er wäre gerade in der Laune dazu.

Wahrheit und Legende

Es klopfte. „Ja?" brummte Conway, und Carter Lloyd, sein Steuermann und guter Freund, trat ein. „Morgen James. Gut geschlafen? Bisschen erholt?" fragte er mit besorgter Miene. „Alles bestens. Mir geht's ganz gut." log Conway. Der Steuermann musterte ihn skeptisch, dachte sich aber seinen Teil. Lloyd kannte Conway zu gut, um sich etwas vormachen zu lassen, und jeder der mitgenommen wirkenden Gesichtszüge seines Freundes sprach Bände. Er kannte den Captain seit über zwanzig Jahren und sie hatten in diesem Leben schon manchen Sturm überstanden und viele tausend Seemeilen gemeinsam auf einem Schiff hinter sich gebracht.

Lloyd war fünf Jahre älter als sein Captain und dieser betrachtete den hageren, inzwischen ergrauten Seemann als einen erfahrenen und wichtigen Ratgeber. Conway und Lloyd, zwei Namen, die in der amerikanischen Seefahrt nicht unbekannt waren, und mit denen viele Seeleute vor allem eines verbanden: Erfolg und gutes Geschäft. Sie hatten beide einen Riecher für alles, mit dem man auch in schlechten Zeiten über die Runden kommen konnte, und in den fünfziger Jahren nutzten sie die Flaute einer in den Kinderschuhen steckenden amerikanischen Seefahrt, um überall auf der Welt mit verschiedenster Handelsware und mitunter überaus abgetakelten Kähnen einen guten Dollar zu machen. Im Bürgerkrieg segelten sie auf Blockadebrechern des Südens, die sich einen Teufel um Handelsembargos und Seeblockaden scherten und mancher Matrose der US Navy wurde durch die Kugeln aus ihren kleinen, giftigen Vierpfündern ins Jenseits befördert.

Für den Captain und seinen Steuermann waren Betrug und Schmuggel stets legitime Mittel gewesen, vorausgesetzt, man handelte klug und ließ sich nicht fassen.

Der Walfang war Neuland für beide und sie hofften, auf diese Weise die Krise, in der sich ihre Heimat, der geschlagene und gemolkene Süden im Augenblick befand, zu umschiffen.

Von den nördlichen Gewässern, in die sie dieser Tyrone geführt hatte, wussten sie allerdings nicht viel.

„Tyrone war bei dir." stellte Lloyd fest und warf einen Blick auf die beiden Gläser und die angebrochene Flasche.

„Das war er, dieser Mistkerl. Hat mich vorhin aus dem Schlaf holen lassen, nur weil ihm Tawson von meinem Whiskey bringen sollte. Er ist impertinent, und das ärgert mich." Conway funkelte seinen Steuermann böse an.

„Das ist er, und mehr noch. Ich traue ihm nicht über den Weg. Er ist gerissen wie eine Schlange und unberechenbar wie ein Tiger. Die Männer fürchten ihn alle und es kursieren üble Gerüchte..."

„Ich weiß." unterbrach ihn der Captain. „Ich kenne diese Stories alle. Tyrone der Walfänger, der sich vor keiner See fürchtet, und sei sie noch so wild und stürmisch, der sich mit den tödlichsten und größten aller Wale anlegt, dem es nichts ausmacht, mit der kleinsten Nuss-Schale an den mächtigen Buckel heran zu rudern und das scharfe Eisen in das zollstarke Fleisch zu schleudern, der mit Riesenkraken ringt und ihnen mit seinem langen

24

Messer die Arme abschlägt, wenn sie ihn in die Tiefe reißen wollen. Aber Tyrone erscheint in den Geschichten, die sich die Männer nach einigen Pinten Starkbier und ein paar Bechern Rum erzählen, auch als tollkühner Bärenjäger der nordischen Schneewüsten; als einer, der dem angeschweißten Bären den Dolch bis zum Heft in die Flanken rammt, sich geschickt unter den Hammerschlägen der gewaltigen Tatzen hinwegduckend. Es heißt, er habe sein Geld schon als Kariboujäger, Goldgräber und Kopfgeldjäger verdient. Im Krieg kämpfte er auf unserer Seite, wurde zum Captain befördert und war mitunter in geheimer Mission hinter den feindlichen Linien unterwegs, wobei er direkt unter Lees Kommando stand.

Aber wer weiß das schon?

Fest steht, dass er sich nach der Niederlage als Preisboxer und Ringer durchschlug, sieh dir nur seine zerschlagene Visage an, und ich habe nie davon gehört, dass er mal einen Kampf verloren hätte. Vielmehr hat er Ed Donovan, dem alten Stiernacken aus Texas, in einem illegalen Kampf das Genick gebrochen, als ihm Donovan mit einem Schlagring sein Siegel aufdrücken wollte, mein Bruder hat den Kampf beobachtet, es wurden Wetten über viele hundert Dollar abgeschlossen, und mein Bruder sagte, er hätte in seinem Leben noch niemand gesehen, der so kämpfen kann.

Er meinte, Donovan habe gewiss bis zu jenem Kampf zehn Männer totgeschlagen, und ob besoffen oder nüchtern, er habe diesen Hünen immer für den schlimmsten Gegner gehalten, den ein Mann haben kann, aber gegen Tyrone muss er einfach jämmerlich ausgesehen haben. Dieser Tiger muss einem normalen Mann mit einer einzigen Geraden alle Rippen brechen können und die Schläge sollen so schnell sein, dass man sie kaum sieht.

Er hat wohl auch einige umgelegt; in Denver soll er einen Falschspieler in den Kopf geschossen haben, ohne mit der Wimper zu zucken und einmal hat er angeblich einen Pferdedieb auf achthundert Yards mit seiner Creedmore aus dem Sattel geholt. Er war auf Löwenjagd in Afrika, hat Wüsten ohne Wasser durchwandert und sich in Kanada zweihundert Meilen durch die Wildnis geschleppt, als sein Pferd lahmte und er es erschießen musste."

Conway legte die Stirn in Falten und goss sich noch einen ein.

„Auf jeden Fall ist das kein Mann, mit dem man es sich verscherzt, mein Lieber." meinte Lloyd, zog eine Shag- Pfeife aus der Innentasche seines speckigen Wachsmantels und setzte sie umständlich in Brand. Dabei beobachtete ihn Conway aufmerksam.

„Sicherlich hast du recht, Carter." erwiderte der Captain und erhob sich langsam und mühevoll von seinem Stuhl.

„Aber sag mir doch, wer sollte so etwas auch wollen? Ich meine, welchen Grund gäbe es, sich mit so einem Mann anzulegen, vor allem dann, wenn man Geschäfte machen will?"

Lloyd sah ihn direkt an: „Worauf willst du hinaus?"

Conway lächelte verhalten, nahm das Schnapsglas vom Tisch auf und beobachtete die satte Farbe des Whiskeys im Scheine der Lampe, als hätte er dergleichen noch nie gesehen.

„Sieh mal, Carter" sagte er versonnen, immer noch in seine Beobachtungen vertieft, „sieh mal, angenommen, wir haben mit dieser Tour Erfolg. Angenommen, wir fangen Wale, so viele Tonnen Wal, dass die Planken der Laderäume zu bersten scheinen, und richtig viel, viel Geld winkt uns. Nun, wir hätten es durchaus verdient, denn wir haben uns den Gefahren der Beringsee ausgesetzt, dem verfluchten Klima; ich bin sogar krank geworden, wir haben unser Schiff zur Verfügung gestellt und müssen die Anteile der Männer zahlen. Dennoch, es könnte sich sicherlich sehr lohnen für uns beide. Wenn er nicht wäre..."

„Was heißt das?"

„Ich habe mit ihm gesprochen. Seine Forderungen werden immer unverschämter. Er verlangt inzwischen den doppelten Anteil von dem, was er vor der Fahrt haben wollte. Und ich wage kaum, diesem Hünen etwas abzuschlagen. Er ist so unberechenbar."

„Das ist wahr, Thomas. Ich weiß noch zu gut, wie er Jones, diesen kräftigen Puller aus Georgia, am Anfang der Fahrt wie ein lebloses Bündel hochgehoben und zu Boden geschleudert hat, nur weil dieser eine Bemerkung über Tyrones Trinkerei machte. Das ist jetzt fast drei Wochen her und die Leute fürchten ihn wie noch nie. Sie sagen, dass sie froh sind, dass sie im Vorderdeck schliefen und er weiter achtern, aber trotzdem befürchten sie, dass ein paar Zoll Holz diesen Mann nicht aufhalten könnten, wenn er mal böse würde."

„Das ist dummes Geschwätz, Carter. Wir haben uns jetzt genug darin ergangen. Tyrone hin, Tyrone her, verdammt sei Tyrone. Kein Mensch ist härter als eine Kugel, auch er nicht, und wenn er so weiter macht, dann erschieße ich ihn und werfe ihn über Bord."

„Tom, beruhige dich. Das führt zu gar nichts. Du hast Recht; seine Forderungen sind nicht haltbar und auch dieses ganze Gerede der Mannschaft braucht Männern wie uns sicherlich keinen Schrecken einzujagen. Vielleicht ist er auch bloß ein aufgeblasener Angeber, der verdammt hoch pokert und meint, er könne damit alle einschüchtern. In diesem Fall lassen wir ihn ins Messer laufen und jagen ihn zum Teufel, da bin ich mir sicher. Aber ich schlage vor, wir warten erst einmal ab, bis wir seine vielfach beschworenen sagenhaften Fanggebiete erreicht haben und lassen ihn seine Arbeit tun. Dann sehn wir ja, was er draufhat und ob er zumindest einen Teil von dem Wert ist, was er verlangt.

Ansonsten- du weißt ja, es wäre nicht das erste Großmaul, das wir kielholen ließen in all den Jahren."

Der Captain und sein Steuermann fingen höllisch an zu lachen, sie lachten laut, schallend und selbstsicher, so lange, bis ihnen die Tränen in den Augen standen. Dann steckte der Steuermann seine ausgerauchte Pfeife in die Tasche und ging an Deck.

Wale

Drei Tage später sollten sich Tyrones Voraussagen bewahrheiten: Im ersten Licht des Tages sichtete der Ausguck der *Whale*, der alte Pat Richards aus Wales, die Buckel von mindestens einem Dutzend Narwalen. Tyrone sprang, kaum dass er den Ruf vernommen, in die Wanten und enterte mit affenartiger Geschwindigkeit am Großmast auf. Als er das schmale Krähennest erreicht hatte, schob er den mächtigen Torso hindurch, ließ die Beine folgen und stand wie aus dem Nichts neben dem alten Seemann.

„Mann, Sir, Sie haben ja ´n Tempo drauf...“ staunte der Alte.

„Quatsch nicht, zeig mir die Wale!“ brummte Tyrone.

„Steuerbord voraus, entgegen der aufgehenden Sonne, Sir.“ sagte Richards und deutete mit dem gichtkrummen Zeigefinger in die Richtung. „Hier ist das Glas, Sir.“

Tyrone hob das in Leder gefasste Messingfernrohr ans Auge, richtete es ein und starrte auf die See. Er brauchte die bewegte See nicht lange abzusuchen, bis er die Tiere genau vor der Linse hatte.

„Teufel noch mal, das wird ein Fang, ein guter Fang!“ stieß er aus, setzte das Teleskop ab und rief an Deck: „Macht die Fangboote klar, ihr faulen Kerle! Jetzt tun wir das, wozu wir hergekommen sind!“ Im selben Atemzug gab er dem Ausguck das Glas zurück und enterte in noch größerem Tempo wieder ab, zwölf Fuß über dem Deck stieß er sich ab und kam krachend auf den Planken zu landen.

„Mister Lloyd!" rief er den Steuermann an, der neben dem großen Steuerrad stand und seinem Gehilfen Anweisungen gab.

„Drei Strich Steuerbord, Kurs Ost- Nordost, oder soll ich lieber sagen: Der aufgehenden Sonne entgegen!"

Dann grinste er breit, der Maat trieb die Leute an, das Schiff auf den neuen Bug zu legen und zugleich die Fangboote fertigzumachen, Tyrone sah den Klüver herum schwingen, sah, wie sich das Tuch erst ruckweise und bald immer stetiger blähte, und die Galionsfigur der *Whale*, ein kunstvoll geschnitzter, verwitterter Blauwal, in Richtung der aufgehenden Sonne zu reiten schien, ihrem ersten Fang entgegen.

Auf unseren Fang!

Schnell hatte die *Whale* eine günstige Position in Luv der Wale erreicht, die sich trotz der leicht böigen See an der Oberfläche tummelten und nur langsam fortbewegten.

Tyrone ließ die drei Jollen aussetzen und bestieg selbst das Heck des ersten Bootes. Die Männer waren beinahe alle schon irgendwann einmal auf Walfang gewesen, wenngleich Tyrone wusste, dass sie dies in keinem Fall zu erfahrenen Pullern und Harpunieren machte. Vielmehr hielt er sie alle für einen wild zusammen gewürfelten Haufen von Abenteurern, gesuchten Verbrechern und gestrandeten Existenzen, und keiner dieser Männer schien zu mehr zu taugen, als einem schlafenden Mann die Kehle durchzuschneiden und ihm den Geldbeutel zu rauben.

Trotzdem ist das alles, was ich im Moment habe, dachte er, und ich werde die Mittel so gut wie möglich ausnutzen. Ich habe auch schon unter schlechteren Bedingungen gearbeitet und fast immer Erfolg gehabt. Warum also nicht auch dieses Mal.

Die Fangboote waren jetzt besetzt und man erwartete sein Kommando.

„Nun legt schon ab!" rief Captain Conway vom Achterdeck hinunter und die Männer schickten sich an, die Leinen loszumachen und die Boote vom Rumpf der *Whale* abzustoßen.

„Einen Augenblick!" Tyrones Stimme ließ alle erstarren. „Mister Sharp, haben Sie die Flasche mitgenommen?"

Der Angesprochene, ein blasser Engländer mit fragwürdiger Vergangenheit und zerschlissenem

Navy Coat, blickte ihn unsicher an und ließ dann den Blick zu Conway schweifen, der die Arme vor der Brust verschränkt hatte.

„Der Captain meinte, Sie könnten nachher etwas trinken- wenn die Arbeit erledigt sei. Ich meine..."

„Holen Sie die Flasche, Sharp. Man geht niemals auf Walfang, ohne auf den Erfolg zu trinken. Das bringt Unglück."

„Ja, Sir." Sharp nickte eifrig, kletterte an Bord des Schoners zurück und ließ sich von einem widerwillig dreinblickenden Carter Lloyd die große Korbflasche reichen.

Dann ging es los, die Männer legten sich in die Riemen, in jedem Boot gab jemand den Takt an, in der ersten Jolle, auf deren Heckbank Tyrone saß, war es Tawson, der schlohweiße Maat.

„Lassen Sie die Flasche rundgehen." sprach Tyrone ihn an, den Blick fest nach vorne auf die Gruppe der Narwale gerichtet, auf welche sie zusteuerten. „Jeder soll einen kräftigen Schluck nehmen." Tawson ließ die Flasche kursieren, und als Tyrone getrunken hatte, rief er mit donnernder Stimme, dass es sogar die Besatzungen der beiden anderen Boote hörten: „Auf unseren Fang! Auf viel Erfolg und gute Dollars!" Die Männer stimmten darauf ein Hurra an und Tyrone musste vor freudiger Erregung grinsen.

Dies waren die Momente, für die sich alle Mühen und Beschwerlichkeiten immer wieder lohnten, dann merkte man, dass man lebte.

Nach kurzer Zeit kamen sie nah an die Wale heran, die sich an ihrer Gegenwart gar nicht zu stören schienen. Die Harpuniere nahmen ihre Positionen im Bug ein, auf jedem Boot zwei Mann, und hielten die über sechs Fuß langen holzgeschäfteten Speere mit den gehärteten Stahlklingen und den starken, langen Leinen bereit. Tyrone stand ebenfalls auf, zwängte sich durch die Ruderer und ließ sich eine Harpune reichen. Der Abstand zu dem hintersten Walbuckel wurde immer geringer, Teufel, es müssen über zwanzig Stück sein, dachte er. Noch ein Stück, ein paar Schläge noch, gleich ist es soweit. Anderson, der schottische Harpunier, ein Bär von einem Mann, begann unruhig zu werden und wollte bereits werfen. „Noch nicht, Mann." hielt Tyrone ihn zurück. „Ich werfe zuerst, einen Moment noch." Der Schotte nickte zur Bestätigung und wieder musste Tyrone daran denken, dass er es hier nur mit Laien zu tun hatte. Wäre doch nur die alte Besatzung der *White Shark* hier, überlegte er. Brad Skinner, O´Donnell, der einäugige Ted...

Und dann kam der Moment. Es ging sehr schnell. Direkt voraus tauchte ein Narwal auf, ein kapitales Männchen mit langem, gedrehtem Horn, das für eine Sekunde aus dem Wasser ragte, bis sich der Koloss wieder in die Wogen warf.

Er schleuderte die Harpune in den Widerrist des Tieres dicht unterhalb des Kopfansatzes. Der Wal bäumte sich kurz auf, wollte abtauchen, als ihn Andersons Lanze traf.

„Den haben wir!" rief Tyrone, beobachtete fachmännisch, wie sich die Leinen straffzogen, als der Wal davonschwamm, inzwischen unfähig, wegzutauchen, wie die schweren, in den Planken befestigten Stahlhaken klirrten, aber kein Bisschen nachgaben. Er sah, wie Anderson Wasser auf die Holzklötze goss, um welche die Leinen herumliefen. Sie durften nicht heiß werden, denn sonst war jedes Tau im Nu versengt.

Der Wal zog das Boot hinter sich her, anfangs mit wütender, tosender Kraft, aber nach wenigen Minuten schon ließ der Druck nach, die Leinen begannen schlaff zu werden, und ihre Fahrt verminderte sich.

Er wusste, das Tier war erschöpft, dem Tode nah. Gleich ist es soweit, dachte er. Bisher lief es nicht allzu schlecht. Er sah sich nach den anderen beiden Booten um und konnte erkennen, dass auch sie erfolgreich waren und ihre Beute zu ermüden begannen.

„Zieht ihn jetzt langsam heran." sagte Tyrone und besah sich vergnügt ihre angestrengten Gesichter, als sie mit vereinten Kräften die beiden Leinen langsam heranzogen. Faule, müde Bande, dachte er. Euch werd ich schon noch auf Trab bringen, ihr Säufer und Tagediebe.

„Na los Jungs. Ein Bisschen mehr Tempo, oder seid ihr schon am Ende?" stachelte er sie an. Tawson, der immer noch auf seiner Bank im Heck saß, grinste breit.

„He, Mister Tawson, das gilt auch für Sie. Hier ruht sich keiner aus." schnarrte er und hatte Mühe, sich das Lachen zu verkneifen, als sich der erstaunte Alte ebenfalls ein Stück Seil packte.

Schließlich griff auch Tyrone selbst zu und mit seinen mächtigen Zügen holten sie den inzwischen verendeten Wal schnell bis kurz vor die Bordwand.

„So ist gut, wir schleppen ihn jetzt ab und kehren zum Schiff zurück. Der Brocken wiegt über dreitausend Pfund, mehr schaffen wir mit einer so lausigen Crew am Anfang wohl nicht."

Das spornte die Männer an und sie legten sich auf dem Rückweg zum Schoner mächtig in die Riemen. Die anderen beiden Jollen hatten ebenfalls Wale im Schlepptau und steuerten auf die *Whale* zu. „Bisschen schneller, Jungs, wir wollen doch nicht langsamer sein als diese Flaschen. Seht, drüben ist sogar Harper an Bord, der wiegt für drei."

Da mussten alle lachen und Tyrone dachte, dass es eigentlich sehr leicht war, eine Mannschaft für sich zu gewinnen, die einen am selben Morgen noch gefürchtet und gehasst hatte. Gemeinsamer Erfolg spornte eben alle an.

Tatsächlich erreichte sein Boot als erster das Schiff und alle bemühten sich, den Wal mittels einiger Flaschenzüge an Bord zu hieven. Die beiden anderen Jollen hatten schwächere Tiere gefangen, aber alles in allem war es ein guter Erfolg.

Conway kam vom Achterdeck herunter und stellte sich neben Tyrone, der den arbeitenden Männern Anweisungen gab.

„Gratuliere, Mister Tyrone. Ich denke, das kann sich für den Anfang sehen lassen. Sollen wir das Schiff in die Wende legen, wenn die Arbeit getan ist, und der Gruppe folgen?"

„Nein, das halte ich für wenig sinnvoll. ich habe Ihnen ergiebige Fanggründe versprochen, und das hier ist erst die Peripherie. Wenn wir auf Kurs bleiben, werden wir bald noch vielversprechendere Beute sichten."

„Sie denken noch immer an Blauwale?"

„Blauwale oder Finnwale, das bleibt sich fast gleich. Aber eins steht fest: Wir können uns die mühsame Paddelei sparen und direkt vom Schoner aus mit diesem Ding", er deutete auf die abgedeckte Harpunenkanone, „auf sie schießen."

„Meinen Sie, dass es funktionieren wird? Die Erfindung ist relativ neu und ich habe mit noch niemand gesprochen, der sie tatsächlich erprobt hat." Conway zeigte seine Zweifel.

„Ich denke schon, Captain. Das Prinzip ist einfach und es hört sich recht einleuchtend an. Sobald der stählerne Speer auf dem Körper des Wales auftrifft, explodiert das Zündhütchen in seiner Spitze und die Ladung detoniert. Der Schock betäubt ihn und es ist schnell erledigt. Die Männer können dann vom Bug aus ihre Harpunen werfen, wenn wir nah genug dran sind, und dann ziehen wir ihn an Bord." Er wandte sich von Conway ab und half den Männern, die jetzt alle drei Tiere an Bord hatten und damit beschäftigt waren, die Boote wieder festzuzurren.

Dann gab er Anweisungen zum Zerlegen der Wale, holte schließlich sein eigenes Messer aus der Kabine, ein riesiges Bowie mit über zehn Zoll langer Klinge und einem kunstvoll geschnitzten Griff aus Walfischbein, und machte die wichtigsten Schritte vor.

Die Arbeit war hart und dauerte viele Stunden, bis zum Abend.

Der Speck musste in riesigen Behältern zu Öl zerkocht werden, das später seine Verwendung in Lampen überall auf der Welt fand.

Die Knochen wurden gereinigt und gebleicht, das übrige Fleisch gesalzen und in den Laderäumen in Eichenfässern gelagert.

Abends ließ Tyrone dann eine doppelte Ration Rum ausgeben, und die Mannschaft schien erschöpft, aber zufrieden.

Das Dinner

Captain Conway bat Tyrone, mit ihm zusammen, dem Steuermann und dem Schiffsarzt, Dr. Kingsley, in der Messe zu dinieren. Tyrone nahm die Einladung an, ging zuvor jedoch in seine enge Kabine, um sich umzuziehen.

Er zog Rock und Stiefel aus, streifte den schweren Strickpullover über den Kopf und betrachtete sich in dem alten, milchigen Spiegel, der an der Wand hing. Für seine sechsunddreißig Jahre war sein Körper noch vollkommen makellos, kaum eine Stelle schien nicht vor Muskelmasse förmlich zu zerreißen, die Oberarme waren wie Baumstämme und stark tätowiert. Auf dem rechten war ein mächtiger Bär zu erkennen, mit dem ihn einmal ein alter Cree- Indianer des östlichen Kanadas geschmückt hatte, aus Dankbarkeit für eine mutige Tat. Tyrone erinnerte sich noch sehr genau, wie er den alten Mann damals gefunden hatte, im Schnee liegend, schwer verletzt und unfähig sich zu rühren, und wie der gewaltige Braunbär sich langsam auf den Alten zu bewegt hatte;

daraufhin hatte er, Tyrone, unwillkürlich die Remington vom Rücken genommen, die er zur Kariboujagd benutzte, und dem Tier eine Kugel aufs Blatt gesetzt.

Der Bär aber war herumgefahren, und so, angeschossen und aggressiv, hatte er den Schützen unverzüglich angenommen. Zum Nachladen war keine Zeit mehr geblieben, und so hatte er zu Tomahawk- Beil und Messer greifen müssen und den Bären in einem mörderischen Zweikampf zur Strecke gebracht. Noch heute glaubte er gelegentlich den heißen Atem der Bestie spüren zu können, wie sie hoch aufgerichtet über ihm gestanden und ihn mit den Hieben der mit messerscharfen Krallen bestückten Tatzen niederzustrecken versucht hatte.

Der Indianer war ihm auf ewig dankbar, noch heute pflegte Tyrone ihn zu besuchen, wenn er in diesem Teil des Landes war. Er hatte ihn, Tyrone, nach jenem Ereignis als „Bearman", als den Bärenmann bezeichnet, zum einen aufgrund seiner Tat, mit der er bewiesen hatte, dass er sowohl mutig wie ein Bär war, sich aber auch in Denken und Handeln dieses Tieres hineinversetzen konnte, zum anderen wegen Tyrones beeindruckendem Äußeren.

Der Indianer war mit seinem Sohn auf der Jagd nach dem Bären gewesen; sie hatten ihn gestellt und einen Pfeilschuss auf ihn abgegeben, der das Tier jedoch nur geringfügig verwundet hatte.

Der Bär hatte den Sohn auf der Stelle getötet und den Vater schwer verletzt. Dieser war nach kurzer Flucht gestrauchelt und durch die Verletzungen nicht mehr fähig gewesen, aufzustehen.

Tyrone musste an die Gastfreundschaft des alten in dessen Hütte denken, an die großen Feste, die er mit der Sippe gefeiert hatte, und wie sie sich nicht davon abbringen ließen, ihn durch die Tätowierung zu ehren.

Auf Tyrones anderem Arm waren mehrere Symbole aus der Seefahrt abgebildet, ein Anker, eine aufgetakelte Brigg, eine Meerjungfrau, und, übergroß und in tiefem Blau, die kunstvolle Darstellung eines Wales.

Quer über die Brust verlief eine lange Säbelnarbe, weiß leuchtete sie auf seiner dunkelbraunen Haut.

Er hatte sie im Bürgerkrieg davongetragen, in einem jener unzähligen Gefechte zwischen den Guerilla- Truppen des Südens, denen er zeitweise angehört hatte, und der US- Kavallerie.

Der Walfänger wusch Oberkörper und Hals mit klarem Wasser, tauchte den Schwamm erneut in die kupferne Schüssel, ließ das kühle klare Nass über Stirn und Nacken rinnen, trocknete sich anschließend ab und holte ein frisches Hemd aus dem Seesack.

Er beschloss, auch die Hosen zu wechseln und entschied sich nach kurzem Überlegen für ein Paar helle Breeches. Diese Hosen waren zwar für die hiesigen Breiten untypisch, aber er liebte sie und sie erinnerten ihn an seine Zeit in der Karibik. Hinzu kamen ein Paar alter Schnallenschuhe und ein dunkelblauer Rock mit polierten Messingknöpfen, was ihm das Aussehen eines Piraten verlieh. Tyrone schnallte den Gürtel aus kräftigem Büffelleder um, nahm dann sein riesiges Messer mit dem Elfenbeingriff und wusch es in der Waschschüssel sorgsam ab. Danach ölte er es ein, schob es in die Scheide zurück und befestigte diese am Gürtel.

Er ging an seinen kleinen Nachtschrank, öffnete das Schloss und holte eine Flasche erstklassigen Scotch Whisky heraus. Dann kramte er einen hölzernen Becher aus seinem Seesack hervor, den er einmal auf einem Markt in Toronto erworben hatte, und goss sich ein. Der Whisky war klar, einer jener milden Sorten Scotch, die man nur ganz wenig bekam, außer natürlich in Schottland selbst. Schottland- er schloss die Augen, dachte an dies raue Land, in dem er so oft gewesen war, mit dem er sich nicht grundlos tief verwurzelt fühlte, dachte an die grünen, verkarsteten Highlands, die schroffen Felsformationen, die anstürmende See an der Küste, aber auch an die lieblichen Glens, die Täler, die er als Junge durchwandert hatte, die warmen, gemütlichen Schänken mit prasselnden Kaminfeuern, voll fröhlicher, singender und trinkender Menschen; an die lieblichen Mädchen.

Er trank den Whisky in einem Zug, öffnete die Augen, sah auf die Taschenuhr, Schloss die Flasche wieder weg und verließ seine Kabine. Zügig stieg er die Niedergangsleiter hinauf und ging an Deck. Es war schön, die See war ruhiger geworden und man konnte die Sterne sehen. Tyrone wollte aber nicht innehalten und sich noch länger in Gedanken wiegen, also ging er nach achtern.

Er öffnete die Tür zur Messe und trat in das Halbdunkel des engen Raumes. An der Wand saßen Captain Conway und Lloyd, der Steuermann, ihnen gegenüber auf einem einfachen Stuhl Dr. Kingsley, der Schiffsarzt, ein verschwiegener Mann mittleren Alters, über den man, abgesehen von seiner Vorliebe für Branntwein, nicht sehr viel wusste.

Tyrone begrüßte sie mit einem Kopfnicken, und Conway lud ihn ein, sich neben den Doktor zu setzen.

Der Steward, ein nutzloser Kerl, der seine Zeit nur auf dem Schiff zu verbringen schien, um irgendeiner gesetzlichen Strafe zu entrinnen, tischte frisch gebratenes Walfleisch und weniger frisches Gemüse auf; dazu gab es Schiffszwieback und guten französischen Rotwein, das Beste an dem Mahl, fand Tyrone.

Es wurde wenig gesprochen, man konzentrierte sich auf das Essen, und alle schienen hungrig, aber Tyrone merkte, dass das Schweigen nicht nur mit derartigen Bedürfnissen zu tun hatte, sondern dass man vielmehr vermied, ihn anzusehen oder gar mit ihm zu reden.

Erst als das Mahl beendet war und der Steward ihnen von des Captains guten Whiskey eingeschenkt hatte und Tyrone sich im Begriff befand, seine klobige hölzerne Pfeife zu stopfen, ergriff Conway das Wort: „Sie haben heute gute Arbeit geleistet, Mister Tyrone, und ich muss Ihnen abermals gratulieren und mich für die Zweifel entschuldigen, die wir an Ihnen gehabt haben. Für eine so unerfahrene Mannschaft war die Ausbeute hoch, und man hat gesehen, dass Sie Ihr Handwerk beherrschen. Sie haben es obendrein geschafft, die Leute zu motivieren, und das zeichnet Sie aus. Ich spreche Ihnen daher mein Vertrauen aus und kann Ihnen versichern, dass Sie meinen Rückhalt haben, was die künftige Planung angeht." Er endete mit einem erregten Schnaufen, denn es war eigentlich nicht seine Art, so ins Reden zu kommen. Conway wusste, dass er sich vor den anderen eine Blöße gegeben hatte und versuchte dies mit großspuriger Abgebrühtheit wiedergutzumachen: „Allerdings brauchen Sie nicht zu glauben, mein Lieber, dass wir deswegen Ihren Forderungen in irgendeiner Weise nachkommen werden. Wenn Sie sich nicht mit der Hälfte dessen, was Sie verlangt haben, zufriedengeben, setzen wir Sie irgendwo an Land und holen uns einen anderen. Glauben Sie nicht, Sie seien der einzige, der ein paar Wale fangen kann."

Stille. Der Arzt und der Steuermann starrten abwechselnd ihren Captain und den Walfänger an, warteten auf irgendeine Reaktion.

Doch die blieb zunächst aus, Tyrone zeigte sich völlig unbewegt, setzte den Tabak in Brand, nahm lange gleichmäßige Züge aus der Pfeife, blies den Rauch an die Decke und schenkte sich erneut irischen Whiskey ein. Conway stand inzwischen der Schweiß auf der Stirn. Wenn er zu weit gegangen war....

Aber jetzt gab es kein Zurück mehr. Er hatte für sich und die anderen gesprochen und würde zum Gesagten nun auch stehen müssen.

Tyrone rauchte weiter, die klaren, eisblauen Augen auf irgendeinen Punkt an der Wand gerichtet, und er schien so ruhig und unbewegt wie eine antike Statue. Seine Gedanken beschäftigten sich mit Dingen, die weit zurücklagen, und er hatte kein Ohr für das Gerede dieser Männer, die er nur verachtete. Er musste an die Frauen denken, die er geliebt und verlassen hatte, und es schmerzte, wenn er überlegte, dass es ihn nie irgendwo für längere Zeit gehalten hatte. Niemals war er an ein und demselben Ort geblieben, ohne dass ihn jener unbeschreibliche Drang wieder fortzog, weit hinaus, auf See, in andere Länder, neuen Gefahren und Abenteuern entgegen. Dies alles war schön, es war ein großes, wildes Leben, das er führte, aber mit jedem Tag, den er älter wurde, spürte er, dass ihm ganz elementare Dinge fehlten.

Er fand keinen Ausdruck für sie, aber sie mussten wohl eng mit dem Gefühl der Geborgenheit verknüpft sein, mit Worten wie Heimat, Frau und Familie. Obwohl er es sich selbst noch nicht eingestand, irgendwann würde der Tag kommen, an dem er zu alt für dieses raue, entbehrungsvolle Leben wäre, und dann müsste er sich zur Ruhe setzen. Ruhe, das war ein Begriff, der in Tyrones Wortschatz bisher nicht existiert hatte, den es nicht gab und nicht geben durfte, denn seine Existenz glich einer Suche, einer Odyssee durch das Leben, und er fühlte sich für diesen Weg vorbestimmt.

Ein Ruck des Schiffes, das jetzt wieder mit schwererem Seegang zu kämpfen hatte, brachte ihn auf den Boden der Tatsachen zurück.

„Sie werden meinen Forderungen nachkommen, egal wie hoch sie sein mögen." Er sprach auf einmal gestochen scharf und sein Blick schien den stark schwitzenden Captain zu durchbohren.

„Niemand widersetzt sich mir. Es gibt keinen, der diese Arbeit hier so gut beherrscht wie ich." Er wurde lauter: „Und selbst wenn dies der Fall wäre, meine Herren, so bräuchten Sie sich nicht einzubilden, dass ich der Mann wäre, den man einfach an Land setzt. Ich habe für diese Fahrt angeheuert, ich habe meinen Preis genannt, und Sie willigten ein. Einige Dinge haben sich inzwischen geändert, somit ist der Preis gestiegen. Sie alle hier wissen, dass Ihre eigenen Beutel noch voll genug sein werden, wenn wir diese Fahrt zu Ende geführt haben. Und wir werden Sie zu Ende führen, sei es bis in die Hölle und zurück."

Er stand auf und verließ die Messe, die Tür fiel hinter ihm laut ins Schloss. Die drei Männer saßen wie erstarrt, sahen einander nicht an. Nach einer Weile brach Carter Lloyd, der Steuermann, das Schweigen: „Dieser Kerl ist wahnsinnig. Er ist der

Teufel selber. Wir hätten ihn niemals an Bord nehmen dürfen."

„Er ist ein aufgeblasenes Großmaul, weiter nichts, und er hat uns herausgefordert. Wir werden ihm beibringen, was es heißt, sich mit uns anzulegen." Conway starrte wütend auf die Tür, so als könne er den eben Gegangenen dadurch treffen.

„Doktor Kingsley?" Der Captain sah den Arzt missbilligend an, der soeben ein großes Glas Hochprozentigen auf einen Zug trank.

„Wenn Sie sich bitte Ihren Studien widmeten? Ich muss den Mr. Lloyd alleine sprechen."

Der Arzt verließ den Raum.

Captain Conway atmete tief durch und sah seinem Steuermann fest in die Augen: „Wir müssen ihn loswerden, Carter. Wir müssen diesen Mann loswerden."

Lloyd schüttelte den Kopf: „Und was dann, Thomas? Was sollen wir dann tun, ohne jemand mit seiner Erfahrung? Nein, ich halte es nicht für klug, sich von ihm zu trennen, auf welche Weise auch immer. Wir beide haben schon einmal auf diese Weise geredet und uns dann dazu entschlossen, erst einmal seine Leistungen beim Walfang abzuwarten. Wir sind doch erst am Anfang, das hat er selbst gesagt. Thomas, der Mann macht seine Arbeit wirklich gut. Ich weiß, er hat dich beleidigt, er hat uns eben beide beleidigt, denn wir haben uns von jemandem einschüchtern lassen- was sonst nicht unsere Gewohnheit ist. Dennoch sollten wir versuchen, die Emotionen im Zaum zu halten und abzuwarten, bis diese Fahrt zu Ende geht. Dann lässt sich ja immer noch sehen, ob wir uns für ihn irgendetwas überlegen wollen. Ich meine, es gibt

so viele Arten, einem Mann wie ihm Schaden zu-
zufügen." Er lächelte verschlagen. Conway jedoch
schien das nicht zufrieden zu stellen.

„Ich hasse ihn, diesen anmaßenden Mistkerl.
Würde ihn glatt für einen Yankee halten, wüsste
ich es nicht besser. Er ist so überheblich, ist sich
seiner Sache so sicher. Dabei ist er eigentlich
nichts anderes als ein irischer Bastard, der hierher-
gekommen ist, um dem Dreck und der Armut seiner heruntergekommenen Insel zu entfliehen. Aber
ich werde ihn schon noch zurechtstutzen, diesen
Hund. Mit mir lasse ich so was nicht machen, nicht
mit mir!"

Ein gefährliches Pokerspiel

Der Morgen brachte jene Frische und Kraft mit sich, die nur dem Tagesanbruch auf See in dieser Intensität zu eigen ist. Tyrone hatte seine Kabine bereits weit vor der Dämmerung verlassen; das Aufstehen war ihm wie immer leicht gefallen, denn er war jemand, der den Schlaf nicht liebte, ihn vielmehr für eine Art der Endgültigkeit und Starre hielt, die ihn zu sehr an den Tod erinnerte, den er schon in vielen Formen gesehen hatte. William Tyrone war ein Mann des Lebens, einer, den der Tatendrang förmlich zu zerreißen schien, der nie an einem Ort länger verweilen konnte, ohne sogleich zu erschlaffen und die Lebensgeister schwinden zu fühlen. Ruhen empfand er als Siechen, die Bewegung war vielleicht das einzige Kontinuum in seinem sonst so unsteten Leben, das Wasser womöglich das bedeutendste Element für ihn.

Bereits früh am Morgen pflegte er zu trinken, es war eine Art Ritual für den Walfänger geworden, den ersten Schluck die Kehle hinunter rinnen zu spüren, bevor ein einziger Sonnenstrahl über der Kimm erschien, und dies schon seit den Tagen, in denen er die Heimat Irland vor über zwanzig Jahren verlassen hatte.

Es war einfach Fakt, dass sein Volk wie kein anderes unter diesem Firmament mit dem Alkohol verbrüdert war, und er konnte es auch verstehen. Nicht nur, dass Armut und Hoffnungslosigkeit auf der grünen Insel die Menschen dazu getrieben haben mochten, zur Flasche zu greifen; es lag vermutlich auch an jenem keltischen Ursprung der

Iren, der ihnen eine Lebenslust und Trinkfestigkeit mitgegeben hatte, die in beiden Fällen ihresgleichen suchte.

In Tyrones Falle spielten aber sicherlich auch noch einige andere Faktoren eine Rolle: Er war- trotz seiner harten Schale und der Maske aus Überheblichkeit und maßloser Selbstsicherheit, die er trug- ein sensibler und intelligenter Mann, hatte viel gelesen und gesehen und sich auf unterschiedliche Arten dem Leben genähert.

Er kannte sich in der Philosophie aus und besaß einen intellektuellen Horizont, der weit über die Grenzen dessen hinausging, was man ihm für gewöhnlich zutraute. Dennoch hatte er persönlich erfahren, dass ein guter Schluck zur rechten Zeit half, auf andere Gedanken zu kommen, die Nebensächlichkeiten zu vergessen und sich auf die elementaren Dinge des Lebens zu konzentrieren.

So kam es auch an diesem Morgen, dass er, sobald er das Deck betreten hatte, den mit Leder bespannten silbernen Flachmann aus der Rocktasche zog und einen großen Schluck Scotch nahm. Er musste an die Fanggründe denken, die sie jetzt erreichen würden und daran, dass er sie bereits einmal zuvor befahren hatte und dass es die besten waren, die er kannte. Es würde eine gute Ausbeute geben, dessen war er völlig sicher, und sie alle würden gut verdienen. Aber vor allem er würde seinen Druck auf Conway, diesen listigen Geizhals, noch einmal erhöhen. Er würde noch höher pokern und dem Captain und seinem Geschäftspartner bliebe nichts anderes übrig, als dem nachzugeben. Tyrone wusste, dass er ein gefährliches Spiel spielte und es war ihm auch klar, dass er es mit skrupellosen

Männern zu tun hatte, aber er braucht das Geld und es stand ihm auch zu. Ohne einen Mann wie ihn, das stand außer Frage, war es für Männer wie Lloyd und Conway nicht möglich, einen vergleichbaren Fang zu machen. Sie waren eben einfach Geschäftsleute und auf ihn angewiesen, wenn es um den praktischen Teil ging. Hätte er jedoch mit solchen Forderungen angeheuert, so wäre er niemals an Bord genommen worden, soviel stand fest. Es war eben einfach so, dass nur die Eigner des Bootes richtig verdienten und diejenigen, die sich um die Drecksarbeit zu kümmern hatten, immer nur mit Almosen abgespeist wurden. Er kannte die Verfahrensweisen solcher Männer zu genau und hatte bereits sehr früh gelernt, dass man sich von niemandem derart abspeisen ließ. Daher spielte er dieses Spiel; ein gefährliches Spiel, jedoch im Prinzip dem Pokern nicht unähnlich, denn im Wesentlichen ging es um Psychologie. Wer von den Spielern am ehesten nachgab hatte verloren, wer aber immer höher pokerte, ohne sich irgendeine Unsicherheit anmerken zu lassen, konnte als reicher Mann den Spieltisch verlassen- vorausgesetzt, man ließ ihn nicht auffliegen.

Tyrone brauchte Geld. Er hatte noch viele Träume, wollte noch viel sehen und sich nicht ständig nur plagen müssen. Sein Wunsch war es, Südamerika zu bereisen, diesen gigantischen, reizvollen Kontinent, von dem man nur so wenig wusste. Vielleicht würde er aber auch etwas zurücklegen und sich nach einer Frau umsehen, um irgendwann einmal zur Ruhe kommen zu können und eine Familie zu gründen. Er wusste es noch nicht genau. Fest stand nur, ohne die nötigen finanziellen Mittel würde er immer nur ein Vagabund sein, der sich von einer Arbeit zur nächsten hangelte, die verrücktesten Jobs machte und dabei doch nicht wirklich weiterkam. Er hatte das alles schon so oft durch, hatte so viel gemacht und er wurde es allmählich leid. Jünger wurde er nicht, seine Körperkräfte würden auch irgendwann nachlassen und er wollte nicht mehr in Minen arbeiten, Gold waschen oder Büffel jagen, um ein paar lumpige Münzen in der Tasche zu spüren.

Auch die ständige Einsamkeit machte ihm allmählich zu schaffen. Er wünschte sich nichts mehr, als morgens nicht mehr alleine aufwachen zu müssen, er wollte wieder den sanften Körper einer Frau neben sich spüren, und das nicht nur für ein paar Wochen, sondern auf die Dauer.

Der Walfänger strich mit dem Zeigefinger über seine Lippen und spürte, wie rau sie waren. Wie schön müsste es doch jetzt sein, ein wenig zu küssen, wie wunderbar wäre es, ein Mädchen in den Armen zu halten. Er musste lächeln. Vielleicht wurde er wirklich allmählich alt, denn früher hatte ihn das raue Leben nie gekümmert und er hatte Monate im Busch oder auf See verbracht, ohne einen Gedanken an Dinge wie Geborgenheit oder die Wärme einer Frau zu verschwenden.

Die Kanone

Die See war etwas kabbelig geworden und als die ersten Sonnenstrahlen über die Kimm traten wie das Leuchten eines fernen Landes aus Gold, befürchtete Bill Tyrone bereits, dieser Tag würde kein guter zum Walfang werden, aber es sollte anders kommen.

„Wal voraus!" riss ihn plötzlich die aufgeraute Stimme des Ausgucks aus den Gedanken. Er starrte in Richtung Krähennest, als sei der Mann verrückt geworden. Aber es war ein guter Mann, den er vor einer Stunde dort hinaufgeschickt hatte, und Tyrone wusste, dass er schon zu lange auf See fuhr, um sich irgendwelchen Trugbildern hinzugeben.

„Wo? Wo ist er?" brüllte er am Mastbaum hoch, und seine Augen suchten bereits die dunklen Wogen   ab.

„Steuerbord voraus, in Verlängerung der Wanten!" kam die Antwort aus der Höhe.

Tyrone wusste, dass der Ausguck nur die Wanten des Großmastes meinen konnte, in dessen Spitze er sich selber befand und blickte in die angegebene Richtung. Er wollte das kleine Messingfernrohr aus der Tasche ziehen, dann wusste er aber, dass es dafür noch zu dunkel war und er mit bloßem Auge besser sehen konnte.

„Es ist ein großer Blauer!" Die Stimme des Ausgucks war erregt.

Und dann sah Tyrone ihn auch. Er befand sich tatsächlich in der angegebenen Richtung, vielleicht eine Meile entfernt, und gerade, als seine Augen den dunklen Buckel erfassten, blies der Wal. Er blies so mächtig und lang, dass Tyrone sofort wusste, dies musste ein kapitales Exemplar sein.

Er zerrte die Bootsmannspfeife aus der Tasche und pfiff „Alle Mann an Deck", dann starrte er wieder in Richtung des Wales.

Momente später stürzten bereits die ersten Männer die Niedergänge herauf und er schrie „Wal, Wal, Blauwal Steuerbord voraus!"

Dann „Werdet endlich wach, ihr Faulpelze, aufstehen! Rudergänger, Ruder hart Steuerbord, direkter Kurs auf den Wal zu!" und er blickte zum Ruder hinüber. „Los, in die Wanten, Männer, setzt jeden Fetzen Tuch den wir haben, wir müssen ihn erwischen!"

Sofort war die ganze Mannschaft an Deck und schnell befand sich jeder auf seinem befohlenen Posten. Kurz darauf standen auch Conway und sein Steuermann neben ihm. „Ein Blauer, sagen Sie? Sind Sie sicher?" Conway war außer Atem, blickte ihn verwirrt an.

„Vollkommen, Sir. Und seien Sie gefasst darauf: Es ist ein mächtiges Exemplar."

„Sollen wir einen Bogen fahren und dann die Boote aussetzten? Was meinen Sie?"

„Nein. Wir erwischen ihn mit der Kanone. Schicken Sie zwei Mann in die Pulverkammer. Sie sollen drei Geschosse und ein Fässchen Pulver holen. Die übrigen müssen ihre Harpunen bereithalten."

„Meinen Sie das funktioniert? Haben Sie es jemals ausprobiert?"

„Es wird klappen, Captain, aber nur, wenn Sie tun, was ich sage."

Tyrones eindringlicher Ton veranlasste Conway zur Eile und er gab die nötigen Anweisungen.

Minuten später rollte die *Whale* mit geblähten Segeln durch die Dünung und ihr Bug schob sich Meter um Meter an den Blauwal heran, der im frühen Morgenlicht bereits gut zu erkennen war.

„Wie er bläst!" rief Conway erregt und gleichsam wie ein Junge begeistert, dem man ein Weihnachtsgeschenk in die Hände drückt.

Tyrone ging sicheren Schrittes zur Kanone im Bug, an der die Männer sich bereits zu schaffen machten. Die Persenning wurde entfernt, das Rohr von innen kurz ausgewischt und dann geladen.

„Seid mit der Ladung sorgsam." ermahnte sie der Walfänger.

„Macht den Messbecher bis zur oberen Markierung voll Pulver- nicht mehr und nicht weniger, sonst könnt ihr was erleben."

Er betrachtete den Ladevorgang sehr skeptisch, vor allem, als die Matrosen die kleine Sprenggranate im Rohr versenken wollten.

„Einen Moment." Sie hielten inne, er nahm das Projektil in seine Hand. Es war nicht allzu groß, maß höchstens fünfzehn Zoll in der Länge und hatte den Durchmesser des Kanonenrohres. Eigentlich sah es aus wie eine Harpunenspitze oder ein arg verkürzter und verdickter Pfeil, ein relativ drollig anmutendes Instrument, doch von äußerster Gefährlichkeit. Tyrone wusste um die Risiken eines Rohrkrepierers, denn Sprengstoffgeschosse waren trotz der reichen Erprobung im Bürgerkrieg immer noch technisches Neuland.

Er überprüfte die Oberfläche, suchte nach Roststellen, besah sich den festen Sitz des Zündhütchens in der metallenen Spitze. Der Widerhaken, der dazu diente, die Ladung fest im Fleisch des

Wales zu verankern, war scharf wie ein Rasiermesser. Kein Zweifel, die Granate war in einwandfreiem Zustand. Tyrone übergab sie wieder den beiden Männern, die seine Untersuchung aufmerksam beobachtet hatten. Auch sie waren gänzlich unvertraut mit dieser neuen Waffe und vermutlich dankbar, dass er wenigstens den Eindruck vermittelte, als sei dies bei ihm nicht der Fall.

Nachdem die Kanone geladen war, prüfte er die Reißleine, dann besah er sich noch die anderen beiden Geschosse, um schließlich mit zufriedenem Gesicht an die Reling zu gehen und nach der Beute Ausschau zu halten. Sie hatten die Distanz zu dem Wal jetzt auf etwa dreihundert Yards verkürzt, soweit sein geschultes Auge das beurteilen konnte. Schon standen die Harpuniere neben ihm, jeder die mächtige Lanze in der rechten, und Tyrone sah in ihre wilden, entschlossenen Gesichter, erblickte dann Anderson, den Schotten, und lächelte ihm zu. Anderson antwortete mit einem breiten, keltischen Grinsen, und Tyrone musste unweigerlich an die Burschen aus seiner Heimat denken, die vom selben Schlage waren. Der Schotte hatte gestern in seinem Boot gute Arbeit geleistet und er wusste, dass er, genau wie alle anderen, heute noch besser sein würde. Der Erfolg spornte sie nun an, er gab ihnen die Kraft und die Kühnheit, die man als Walfänger brauchte und Tyrone wusste, so langsam wuchs dieser zusammen gewürfelte Haufen zu einer Mannschaft zusammen. Es war doch immer wieder kurios, sinnierte er kurz, wie sie doch mehr und mehr zusammenwuchsen, die Männer auf See, bis sie schließlich eine so starke Einheit bildeten, geschmiedet mit den Feuern der Hölle, dass nicht einmal mehr der Tod sie zu schrecken vermochte.

Wie damals auf der *White Shark*, überlegte der Walfänger, und er dachte an diese wilde, harte Zeit, dachte daran, wie alles angefangen, und vor allem, wie grausam und blutig es geendet hatte.

Die Entfernung zum Wal betrug jetzt nur noch rund zweihundert Yards und das Tier machte keine Anstalten zu einem Fluchtversuch. Tyrone versuchte den Wal abzuschätzen, aber es war nicht viel Fachkenntnis nötig, um zu sehen, dass es einfach gigantisch war. Er schätzte seine Länge auf mindestens fünfundzwanzig Yards und war sich sicher, dass er an die einhundert Tonnen wog.

Mit diesem Fang hätten sie bald genug, um die Laderäume randvoll mit Öl und Knochen zu füllen und nach Frisco zurück zu segeln.

Er, Tyrone, würde dann dort mit seiner Prämie an Land gehen und sich überlegen, was weiter geschehen sollte. Die *Whale* würde in San Francisco, von wo sie auch ausgelaufen war, die Ladung löschen, vor allem das lang haltbare Öl, verwendbar für alle Lampen auf der ganzen Welt, welches vor allem nach Europa exportiert wurde. Aber das würde nicht mehr Tyrones Sorge sein. Er war damals an Bord des Schoners gegangen, der vor Anker gelegen hatte, um auf Walfang zu gehen. Es war schon verrückt gewesen, ein Kahn, der zwar gut gebaut war und hübsch anzusehen, aber nie zuvor das Wasser des Beringmeeres geschmeckt hatte, und zwei Geschäftsmänner aus den Südstaaten, die das Ding in Frisco erworben hatten, um es kurzerhand *Whale* zu taufen und Wale zu fangen. Tyrone war in einer Hafenkneipe auf sie gestoßen;

er hatte sehr schnell gemerkt, dass sie grün hinter den Ohren waren, was Wale betraf. Sie waren in Zugzwang gewesen, da das Wetter immer unwirtlicher wurde und sie zum Auslaufen zwang, aber andererseits hatten sie niemand in ihrer Mannschaft gehabt, der etwas vom Walfang wusste.

Sicher, allesamt fähige Seemänner, aber von dem, was sie vorhatten, wussten sie doch gar nichts. So war es ein Leichtes für Tyrone gewesen, anzuheuern und sich die Leitung des Walfanges übertragen zu lassen. Sie hatten sofort Respekt vor ihm gehabt und ihm vertraut, aber allmählich war die Spannung zwischen den beiden unterschiedlichen Männern Conway und Tyrone gewachsen.

Er wurde aus seinen Gedanken gerissen, als der Wal blies. Es war ein enormer Blas, sicher fünfzehn Yards hoch.

„Richtet die Kanone ein!" befahl er. „Visiert seine Rückenlinie an, dicht am Kopf." Er ging selbst ans Geschütz, visierte über das Rohr, half beim Einrichten. Noch hundertfünfzig Yards, hundertzwanzig...

Die Spannung wuchs, Tyrone sah sie förmlich auf allen Gesichtern. Doch seine Konzentration galt jetzt nur noch dem Wal. Er war blass blau bis gräulich gefärbt und hinter dem Kopf war die Haut weiß gesprenkelt. Tyrone hatte schon lange kein so vollkommenes Exemplar dieser immer seltener werdenden Art gesehen, vor allem nicht in diesen Breiten. Und er machte immer noch keine Anstalten abzutauchen.

Vielleicht noch achtzig Yards, jetzt oder nie, dachte er, und zog an der Reißleine.

Mit ohrenbetäubendem Krachen ging der Schuss los, ein unheilvolles Sausen beschrieb den Weg der Granate. Ein Aufprall im Rücken des Wales, kaum hörbar, dann unmittelbar die Detonation. Sie war nicht wirklich laut, etwa wie ein dumpfer Feuerwerkskörper oder ein Pistolenschuss in einem etwas entfernten geschlossenen Raum.

Zunächst geschah gar nichts und Tyrone starrte angestrengt auf die Stelle im mächtigen Buckel des Wales, an der er getroffen haben musste. Ein im Verhältnis zum Körper des Tiers recht kleiner Einschlag, überlegte er, doch dann sahen es alle: Wieder atmete der Wal aus, und der gewaltige Strahl, den er ausblies, war von tiefem Rot.

Sofort begannen alle an Deck zu jubeln. Es war das wilde, siegessichere, tosende Jubeln von Jägern, und auch ihn erfasste das starke Gefühl, das man verspürt, wenn man auf der Jagd erfolgreich war. Aber sofort kämpfte er dagegen an, unterdrückte es, denn er wusste, es war noch lange nicht vorbei.

„Ruder zwei Strich Steuerbord! Bringen Sie uns auf einen Parallelkurs zu dem Wal!" brüllte er in Richtung der Rudergänger, die ebenso mitgerissen und erwartungsvoll wie alle andern auf das Tier starrten.

„Nehmt mehr Tuch weg!" rief er den Männern hoch oben in den Wanten zu. „Langsame Fahrt!"

Sie näherten sich dem Wal bis auf dreißig Yards, das riesige Tier war schwer verwundet, vermutlich zu schwer, um tauchen zu können, dachte Tyrone, denn es trieb hilflos wie ein leck gewordenes Schiff auf den Wellen.

„Macht euch bereit, Harpuniere!" Sie sahen ihn an. „Es ist noch nicht vorbei!" Noch ein paar Yards, dann begannen die Angesprochenen, ihre mörderischen Lanzen zu schleudern, wie auf ein einziges Kommando. Wie ein kurzer Schauer hagelten die Harpunen auf den Rücken des Wales nieder und zogen ihre langen, festen Seile wie Kometschweife hinter sich her. Auch Tyrone suchte sich eine gute Harpune und warf sie mit voller Kraft und großer Präzision in Richtung des Wales Nacken.

Die ersten hatten bereits begonnen, ihre straffen Seile zu packen, und an den Flaschenzügen am Bug zu befestigen. Immer regneten neue Speere auf den Wal hinab, bis ein dichtes Netz aus Tauwerk entstanden war, welches den Wal mit der *Whale* verband. Die scharfen Widerhaken in seinem Fleisch machten ihm eine Gegenwehr unmöglich und wahrscheinlich, überlegte Tyrone, war das Tier durch den Treffer mit der Kanone dazu sowieso nicht mehr in der Lage.

Tyrone ließ alle Segel bergen und ankern, und in den folgenden Stunden gelang es mit viel Mühe, den Wal längsseits zu bekommen und mit der Bergung zu beginnen. Er schlug vor, das bereits verendete Tier schon vor der Bordwand in grobe Teile zu zerlegen, um Flaschenzüge und Kräne nicht übermäßig zu belasten.

Es wurde ein hartes Stück Arbeit, und Tyrone arbeitete nach allen Kräften. Die Mannschaft beobachtete ihn aufmerksam, allmählich mit einer Spur von Bewunderung, welche die Angst und den übermäßigen Respekt verdrängte. Die Männer schätzten an ihm, dass er sich wie jeder andere die Finger schmutzig machte und sich nicht schonte,

obwohl er eigentlich an Bord eine Art Offiziers-
rang bekleidete.

Nach vielen Stunden war die meiste Arbeit getan und Tyrone zog sich erschöpft in seine Kabine zurück. Bereits nach kurzer Zeit klopfte es jedoch an seiner Tür. Es war der Steward, der ihm ausrichten ließ, dass der Captain ihn an diesem Abend wieder zum Essen in der Messe zu sehen wünsche, um den Erfolg des Tages gebührend zu feiern. Insgeheim ärgerte sich Tyrone über diese Einladung, da er eigentlich vorgehabt hatte, mit der Mannschaft zusammen ein Stück Walfleisch zu essen und sich dann zeitig in die Koje zu legen, aber irgendeinem Impuls folgend sagte er kurzerhand zu. Er wusch sich schnell, trank noch einen Whisky, dann verließ er seine Kabine und betrat die Messe.

Er fand Conway am Tisch sitzend vor, über ein Glas Rotwein gebeugt. Zu seinem Erstaunen waren weder der Arzt noch Carter Lloyd anwesend, und es war auch nur für zwei Personen gedeckt. „Setzen Sie sich bitte, Mister Tyrone." sagte Conway mit seiner sanften, tiefen Stimmlage, und deutete auf den Stuhl ihm gegenüber. Tyrone setzte sich, ließ sich von dem Captain einen Rotwein einschenken. Geschwind tischte der Steward auf, mit einer dreisten Überheblichkeit, so als sei dies der Speisesaal eines großen Hotels und nicht die vergammelte, kleine Messe eines Walfangschoners. Tyrone machte sich gierig über das gebratene Fleisch und den gerösteten Schiffszwieback her; der arbeitsreiche Tag hatte ihn hungrig gemacht. Conway beobachtete sein Gegenüber scharf, er ließ diesen wilden, selbstsicheren, ungestümen Mann keine Sekunde aus den Augen.

Nachdem sie gegessen hatten und jeder ein Glas Portwein in der Hand hielt, sagte der Captain: „Es war ein guter Tag heute, Mister Tyrone, ein guter Tag für uns alle. Der Fang dieses Blauwals war ein großer Erfolg, der vor allem auf Ihre Kosten geht. Sie haben das Tier zur Strecke gebracht und ich muss Ihnen meine Anerkennung aussprechen."

Tyrone machte sich nicht viel aus Floskeln wie diesen, er verachtete sie vielmehr und hielt alles für Gewäsch, was ein Mann sagte, aber nicht wahrhaftig meinte. Ebenso wenig hatte er den harschen Ton und den Streit des Vorabends vergessen, und er wusste, dass dieser feige und berechnende Mann sich in furchtsamer und überlegter Weise an den eigentlichen Kern des Gespräches heranzuschleichen versuchte.

Tyrone hielt Conway für gefährlich, besonders, da er wusste, dass die feigsten Männer oft zu den gemeinsten Gegnern wurden, wenn man ihnen eine Chance dazu gab. Trotzdem war er immer jemand gewesen, der alles auf eine Karte setzte; er wusste, dass er den meisten Männern in vielerlei Hinsicht überlegen war, und dass man nur gewinnen konnte, wenn man alles riskierte. Je älter Tyrone wurde, desto mehr lebte er in der Überzeugung, dass alles, was er tat, entscheidend für seine Zukunft war, und dass allmählich die Zeit kam, Geld zu verdienen und sich ein neues Leben aufzubauen. Er konnte einfach nicht mehr nur in den Tag hineinleben und sich von einer abenteuerlichen Beschäftigung zur nächsten hangeln, er musste zur Ruhe kommen. Dafür war es allerdings notwendig, bei jeder Unternehmung stets ein

Maximum des Profites abzuschöpfen und wirklich lohnend zu arbeiten.

„Was werden Sie nach dieser Fahrt tun, Mister Tyrone?" fragte ihn Conway, und seine dunklen Augen ließen nicht von der wuchtigen Erscheinung des Walfängers.

„Ich werde irgendwo anders anheuern, weiter Wale fangen." log Tyrone, obwohl er wusste, dass dies seine letzte Fahrt an Bord eines Walfängers sein würde. Eigentlich hatte er es schon immer gehasst, dieses Töten von wehrlosen Kreaturen, nur um Profit zu machen. Er hatte Büffel in den Ebenen von Dakota und Wyoming gejagt, Elefanten in Afrika, Wale in den Ozeanen dieser Welt, und immer wieder hatte es ihn abgestoßen, auf all diese Lebewesen zu schießen, sie auszulöschen, um den Geldbeutel zu füllen.

Ab sofort würde auch damit Schluss sein, dass entschied sein Unterbewusstsein, und er würde sich einer Beschäftigung widmen, die weniger destruktiv wäre und dieser Erde auf geringfügigere Weise schade.

„Wissen Sie, Tyrone", meinte Conway, und der Walfänger bemerkte, dass sein Gegenüber bereits seit längerem der Flasche Portwein den Rest zu geben versuchte, „ich werde nach Louisiana zurückkehren, auf meine Plantage."

„Sie haben eine Plantage im Süden?" fragte Tyrone mit ehrlichem Interesse. „Ja, mein Lieber, ein hübsches Stück Land, mehrere tausend Acres groß, zehn Meilen nordwestlich von New Orleans. Es ist ein wunderschöner Ort, und ich gedenke, mich dort eine Zeit aufzuhalten."

„Und Ihr Haus in New York, warum gehen Sie nicht dahin zurück?" fragte der Walfänger und zündete sich eine Zigarre an.

„New York ist voller Yankees, Tyrone, Sie selbst haben für den Süden gekämpft und wissen, wie schwierig es ist, mit diesem Pack auszukommen. Es sind arrogante Bastarde, diese Yankees, Tyrone, und sie nutzen jede Gelegenheit, einen spüren zu lassen, dass unsere Art zu leben untergegangen ist und die Sieger mit den Verlierern machen können, was ihnen zu tun beliebt.

Sie sind kein wirklicher Südstaatler, Tyrone, Sie kommen aus Irland, und obwohl Sie sich vor fünfzehn Jahren dem Süden angeschlossen haben, können Sie nicht empfinden, wie das für uns ist. Wir haben diesen Krieg nie gewollt, im Gegenteil. Wir wollten auch keine Spaltung Amerikas. Wir hatten nur die Absicht, in Frieden zu leben und unsere eigene Lebensweise zu praktizieren, ohne dass uns irgendwer dazwischenredet. Das wiederum konnten die Yanks nicht haben. Sie hielten sich für was Besseres, sie wollten eine Union, wollten unsere Landarbeiter für ihre Fabriken haben, und verbreiteten die Jahrhundertlüge von der Sklavenbefreiung.

Eine Frau schrieb ein Buch, das kurzerhand zur Programmatik eines Krieges erklärt werden sollte, und ein Hundesohn machte sich zum Helden der Nation. Der Rest dürfte Ihnen bekannt sein Tyrone, und ich bin glücklich, dass dieser Hundesohn zum Ende des Krieges mit den Worten „Sic semper tyrannis" von einem John Wilkes Booth in die ewigen Jagdgründe geschickt wurde.

Nun, so sehe ich die Dinge, mein Lieber, und solange, wie ich atme, werde ich ein Dutzend Mal lieber im Süden sein als in dieser verdammten Yankeestadt."

Die Zigarre zog nicht gut und Tyrone ertränkte seine Unzufriedenheit über den schlechten Tabak in einem weiteren Glas Portwein.

„Wissen Sie, Conway, gestern Abend waren Sie nicht gerade sehr zugänglich, was meine berechtigten Forderungen anbetrifft, und ich bezweifle, dass Sie begeistert sein werden, wenn ich Ihnen unterbreite, was ich jetzt verlange."

Er genoss die Veränderung in Conways Gesicht, genoss die plötzliche Bleiche seiner Haut, jeden einzelnen Schweißtropfen auf seiner Stirn, das unruhige Auf und Ab seiner Augenlider.

„Dieser Fang heute war außergewöhnlich. Einen Blauen auf so einfache Weise zu Öl zu verarbeiten, werden Sie nicht häufig erleben, und ich kenne genügend Jagden, bei denen die Hälfte der Besatzung oder sogar noch mehr umgekommen sind, weil sie sich mit ihren Nussschalen zu nah an den Wal heranwagten. Wir gehören jedoch zu den ersten, die eine neue Fangmethode ausprobiert haben, und wir waren überaus erfolgreich. Ich selbst hatte nicht annähernd damit gerechnet, dass es so einfach sein würde. Sie werden sicherlich verstehen, dass ich jetzt ein Drittel mehr verlange als gestern Abend."

Der Captain starrte den Walfänger an, als habe er soeben das Wort Gottes aus dessen eigener Kehle vernommen und nicht bloß die dreiste Forderung eines jungen Abenteuers, der zu hoch pokerte.

Erstaunlich ruhig sagte er: „Sie wissen, Tyrone, dass ich dieser Forderung nicht nachkommen werde, und Sie wissen auch, dass es ein großer Fehler war, sie zu formulieren."

Der Walfänger stand auf, seine Statur warf einen gewaltigen Schatten auf die porösen Planken, und er erwiderte: „Conway, Sie sind ohne Zweifel der schmierigste, feigste Mann, dem ich jemals begegnet bin, doch ich werde Ihnen keine Ruhe geben, bis ich nicht jeden Cent von Ihnen erhalten habe, den Sie mir schulden. Seien Sie gewiss, ich kann Sie jederzeit töten oder jeden anderen an Bord dieses Schiffes, wenn Sie mir in den Rücken fallen. Ich warne Sie hiermit ausdrücklich, tun Sie, was ich Ihnen sage, oder diese Fahrt wird nur an einem Ort enden- inmitten der Hölle."

Mit diesen kühnen Worten verließ er die Messe, und im selben Moment wurde sich der Walfänger bewusst, dass er diesmal zu weit gegangen war.

Der Verrat

Er erreichte seine Kabine, zog sich aus, legte sich in die viel zu schmale Koje und starrte an die dunkle hölzerne Decke.

Der Captain würde ihn jetzt hassen, das stand fest, und es war fraglich, ob er das Ende dieser Fahrt erleben würde. Er wusste aus Erfahrung, wie in Rage geratene, rachsüchtige Männer sich in die schlimmsten Dämonen verwandeln konnten, und obwohl er sich vor wenigen Dingen im Leben fürchtete, verfluchte er bereits jetzt sein vorschnelles Handeln.

Er wusste zwar, dass der Captain allein ihm niemals gefährlich werden konnte und dass sein Verhältnis zur Mannschaft zu gut war, als dass diese gegen ihn aufbegehren würde, aber dennoch hatte er ein flaues Gefühl in der Magengegend. Kurzerhand stand er auf und wühlte in seinem Seesack, bis er zwei teure Duellpistolen zum Vorschein brachte. Es waren Waffen, die der berühmte Büchsenmacher William Parker aus London gefertigt hatte, und obwohl bereits seit vor dem Bürgerkrieg Trommelrevolver in Umlauf waren, verließ sich Tyrone doch lieber auf jene ältlichen, einschüssigen Waffen. Sie hatten ihm so oft das Leben gerettet und er goss jede Kugel selbst, moderneren Waffen gegenüber hatte er kein Vertrauen. Vor dem Krieg, so erinnerte er sich, hatte er einmal einen Walker Colt besessen, ein schweres, langläufiges Instrument, dass ihm nach einiger Zeit in der Hand explodiert war und somit einige hässliche Naben hinterlassen hatte, die Tyrone fortan im Geiste mit modernen Pistolen in Verbindung brachte.

Selbst in den turbulenten, harten Jahren des amerikanischen Bürgerkrieges hatte er immer die alte Reiterpistole, Kaliber .69, dem Army oder Navy Colt bevorzugt, und er hatte es niemals bereut.

Die Parkers waren geladen und er prüfte den Sitz der Zündhütchen, probierte die Federkraft der Hähne. Die Pistolen waren die einzigen Feuerwaffen, die er an jenem Tage mit an Bord genommen hatte, an dem sie Alaska mit Kurs Beringsee verlassen hatten.

Er wünschte, er hätte damals seine kurzläufige Winchester mit an Bord genommen, denn sie bot im Zweifelsfalle immer Schutz gegen eine Vielzahl von Angreifern.

Er legte die Parker Pistolen neben seine Koje auf eine hölzerne Obstkiste und schlief rasch ein.

Was Tyrone nicht wissen konnte, war, dass sich zwei Männer, der Captain und sein Steuermann, bereits auf dem Weg in die Mannschaftsunterkünfte befanden, und, kaum dort angekommen, versuchten, die Mannschaft gegen den Walfänger aufzuwiegeln:

„Er verlangt bereits ein Drittel des gesamten Profites!" logen sie, „er wird bald den ganzen Anteil der Mannschaft für sich beanspruchen wollen."

Die gerade erwachten Männer betrachteten ihre Geldgeber mit Skepsis, denn allmählich vertrauten sie dem schuftenden, ehrgeizigen Walfänger mehr als dem seltsamen, introvertierten Kapitän und seinem Geschäftspartner.

Doch eine Flasche besten Rums, den die beiden hervorzauberten, änderte dies rasch, und bald waren alle der trunksüchtigen, gewalttätigen und primitiven Matrosen gegen diesen seltsamen, herrschsüchtigen Iren, der allmählich auch ihnen das Geld aus der Tasche zu ziehen versuchte.

Die beiden Geschäftsleute erzählten der Mannschaft, sie wollten Tyrone einen Denkzettel geben, den er sobald nicht vergessen werde, und beabsichtigten, dass ihn ein paar aus der Mannschaft tüchtig vermöbelten, so dass der dreiste Walfänger auf den Boden der Tatsachen zurückkäme.

Im Rausche des starken Rums fanden sich sehr schnell ein paar Mutige, und spätestens, als Conway und Lloyd die zweite und dritte Flasche spendierten, hatten sie eine Handvoll Kämpfer auf ihrer Seite, die sich ganz und gar dem Ziel verpflichtet fühlte, Tyrone in seine Schranken zu verweisen. Im ersten Morgengrauen sollten sie Tyrone überfallen, wenn dieser seinen üblichen Spaziergang an Deck machte, und ihn gefügig machen. Doch in Wahrheit schmiedete Conway weitaus finstere Pläne.

Als sie das Logis der Männer verließen und nach achtern zurückkehrten, fing Conway an zu lachen. Es war ein leises, finsteres und selbstsicheres Lachen, und Carter Lloyd betrachtete seinen Geschäftspartner aufmerksam. „Weshalb lachst du so? Du musst dich deiner Sache ja sehr sicher fühlen." Der Captain wartete mit seiner Antwort, bis sie die Messe erreicht hatten und jeder ein Glas Port in den Händen hielt. Dann sagte er: „Ich freue mich, weil wir Tyrone in ein paar Stunden endgültig los sein werden."

Er fing wieder an zu lachen.

„Wie soll ich das verstehen?" entgegnete der Steuermann.

„Sieh mal, mein, Lieber, du glaubst doch nicht etwa ernsthaft, dass dieser Tyrone einer ist, den man einfach verprügeln und ihm Manieren beibringen kann. Nein, dieser Mann ist ein Teufel, der lässt sich von niemandem brechen, nicht in diesem Leben. Folgendes wird passieren: Diese besoffenen Idioten werden versuchen, über ihn herzufallen, und er wird sich zur Wehr setzen. Er ist ein zu guter Kämpfer, als dass er sich von einer Handvoll betrunkener Seeleute zusammenschlagen ließe. Er wird sie auseinander nehmen, die Situation wird eskalieren, vielleicht bringt er einen von ihnen um. Und dann, das schwöre ich dir, Carter, wird jeder Mistkerl an Bord versuchen, ihn kaltzumachen. Und glaube mir, sie haben alle Waffen. So oder so, kein Mann ist stärker als eine Kugel, das sagte ich schon einmal. Glaube mir, wir brauchen diesen irischen Hund bald nicht mehr zu ertragen. Der Fang heute war ausgezeichnet, zudem befinden wir uns jetzt in den besten Fanggründen. Er hat uns hingeführt, hat uns die Fangtechniken gezeigt. Wir brauchen ihn nicht mehr. Wir können auch ohne ihn genug Geld machen, und dann segeln wir zurück. Wir laufen San Francisco an, löschen die Ladung, gehen an Land, verdienen viel Geld."

„Das ist mir alles bekannt, Thomas." meinte Lloyd. „Und was dann? Was wirst du tun?"

„Ich glaube, ich fahre mit Eisenbahn und Frachtkutsche in den Süden, nach Louisiana, und ziehe mich eine Weile aus dem Geschäft zurück. Aber sei unbesorgt. Behalte am besten das Schiff. Früher oder später komme ich wieder, und wir unternehmen neue Fahrten, spätestens dann, wenn mir das Geld ausgeht, stehe ich in New York wieder vor deiner Tür."

„Klingt gut." sagte der Steuermann, und grinste unverhohlen. „Trinken wir also auf das Ende jeglicher Konkurrenz." Er erhob sein Glas.

„Auf das Ende des einzigen Mannes, der mit uns in Konkurrenz treten wollte." knurrte Conway und stieß mit Lloyd an, dann begann er wieder, diabolisch zu lachen.

Der Kampf

Einige Stunden später erwachte Tyrone aus einem unruhigen Schlummer. Ihm war die ganze Nacht nicht wohl gewesen, und er zog sich schnell an, um die stickige Kabine hinter sich lassen und eine frische Seebrise einzuatmen zu können. Es war dunkel in der Kabine und er nahm sich nicht die Mühe, eine Lampe zu entzünden. So griff er nur schnell nach Wollpullover und Hose, zog die Stiefel an und gürtete sich das wuchtige Bowiemesser mit dem Griff aus Walknochen um. Er stolperte zur Tür, tastete noch schnell nach dem schweren Rock, warf ihn sich über und verließ kurzerhand die dunkle, warme Enge.

An Deck war es angenehm kühl und er fühlte sich bereits nach dem ersten Atemzug war ihm wohler und ein leichtes Lächeln grub sich in seine Wangen. So oder so, es ging ja schließlich immer weiter, überlegte er, man ging in diesem Kampf ab und an zu Boden, aber irgendwie stand man auch wieder auf, um in die nächste Runde zu gehen. Mit dieser Einstellung war er bisher ganz gut durchs Leben gekommen, und er war sich ziemlich sicher, dass er auch in Zukunft mit diesem Kurs erfolgreich sein würde.

Der Walfänger ging hinüber an die Luvreeling und warf einen Blick auf die kochende, schäumende See.

Sie war so machtvoll, so unbändig in ihrer Kraft, und wer den Fehler machte, sie zu unterschätzen, den zermalmte sie unweigerlich.

Im Augenblick war der Seegang recht stark und das graue Halbdunkel der Zeit vor Anbruch der

Morgendämmerung ließ das Element ungewohnt wild und gefährlich erscheinen.

Wie man sich den Schlund der Hölle vorstellt, dachte Tyrone, und wandte sich dann von der Reling ab.

Das nächste Land, die Westküste Alaskas, war an die vierhundert Meilen entfernt, und zu dieser Jahreszeit gab es kaum noch Schiffe in diesen Gewässern. Bald würde nämlich die Beringsee zufrieren; spätestens Ende September, und nun war es bereits Mitte August. Zum ersten Male wurde er sich dieser Isolation bewusst, es fiel ihm wie ein Schleier von den Augen, obwohl er so viele Jahre zur See gefahren war.

Er sah nach oben, den Mastbaum entlang, betrachtete die prallen Segel, als er hinter sich etwas spürte, dass ihn dazu veranlasste, sich ruckartig umzudrehen.

Zunächst konnte er im Halbdunkel nichts erkennen, doch als sich seine Augen an die einzelnen Konturen des Oberdecks gewöhnt hatten, erkannte er sie: Es waren mehrere Männer, geisterhaft standen sie am Niedergang des Vorderdecks und starrten ihn an.

„Was ist, Leute?" rief er sie an. „Weshalb lungert ihr hier herum, zu dieser Stunde? Wenn ihr nicht mehr schlafen könnt, gebe ich euch sofort was zu tun." Es war mehr Erstaunen als Ärger, das in Tyrones Stimme mitschwang, und er musste sogar kurz lächeln, als er einen Schritt auf sie zu trat und die seltsame Ansammlung von Bootspullern, Harpunieren und Matrosen erkannte.

„Wir sind Ihretwegen hier, Tyrone." sagte Anderson, der schottische Harpunier mit seinem dröhnenden Bass, und erst jetzt nahm der Walfänger den scharfen Geruch von Rum wahr, den diese Männer verströmten.

Er merkte, dass irgendetwas nicht stimmen konnte, und beschloss, die allzu persönliche Anrede des Schotten bewusst zu überhören.

„Wenn ich euch so recht betrachte", setzte er an, und sah die Betrunkenheit in jedem einzelnen Gesicht, als er sich ihnen bis auf ein paar Fuß genähert hatte, „dann gehört ihr allesamt in eure Kojen, und keinesfalls an Deck. Hier ist kein Platz für Besoffene. Schlaft euren Rausch aus und meldet euch in ein paar Stunden bei mir." Sein Ton war befehlend, aber nicht kränkend, und er wollte sich gerade abwenden, als die raue Stimme eines Pullers mit messerscharfer Klarheit an sein Ohr drang: „Dann gehörst du auch nicht an Deck, du versoffenes irisches Schwein."

Kein unbeteiligter Beobachter dieser Szene, sofern es denn einen solchen gegeben hätte, wäre imstande gewesen, zu beschreiben, wie blitzartig Tyrones Reaktion auf diese Bemerkung war, vermutlich wäre sie aber schneller als ein Lidschlag zu nennen gewesen.

Mit raubtierhafter Gewandtheit überbrückte er in einem Satz die zwölf Fuß, die ihn von seinem Gegenüber trennten, und schlug eine machtvolle Kombination in das Gesicht des Pullers, der darauf sofort zu Boden ging.

Tyrone hatte mit einem Rückzug der anderen gerechnet, aber damit hatte er die Bande unterschätzt, welche sich zwischen Männern bildeten, die miteinander getrunken hatten.

Obwohl sie von seiner Attacke überrascht waren, griffen die übrigen Seeleute ihn Augenblicke später mit den Fäusten an.

Der Walfänger wich den trunkenen Hieben geschickt aus, dann schlug er eine Serie von Präzisen Aufwärtshaken und sandte den ersten Angreifer zu Boden. Den nächsten nahm er in den Clinch und rammte ihm das Knie gegen den Schädel, wonach auch dieser augenblicklich fiel.

Wie in wilder Raserei ging er auf die Gruppe von einem Dutzend kräftiger Männer los, mit denen er nun nicht mehr verhandeln konnte, und drosch auf ihre Körper und Köpfe ein, so dass sie reihenweise zu Boden gingen.

Doch immer mehr Seeleute, fast die gesamte Mannschaft, war inzwischen die Niedergänge hinaufgeströmt, und sie alle versammelten sich um ihn und begannen sich mit niederträchtigen Schlägen von hinten an dem ungleichen Kampf zu beteiligen.

Doch Tyrone war nicht bloß irgendein Schläger; seit seiner Kindheit in Irland hatte er Ringen und Boxen gelernt, und diese Techniken schon in frühester Jugend auf den Straßen praktiziert; er hatte rund dreihundert Straßenkämpfe hinter sich, bei denen es keine Regeln gegeben hatte, und seine Haut billig zu verkaufen, hatte ihm noch niemals zu Gesicht gestanden.

Schon nach kurzer Zeit lagen zehn Männer mit schweren Verletzungen am Boden, und Tyrone, angeschlagen und blutend, kämpfte immer noch wie ein wilder Berserker und ohne ein Zeichen von Schwäche oder Ermüdung.

Sicherlich hätte der Kampf noch eine ganze Weile gedauert, wäre nicht ein Seemann, ein feiger Puller aus dem tiefsten Kasachstan, auf die Idee gekommen, der Held dieses Tages zu werden und die Sache endgültig zu entscheiden, und zwar für sich.

So zog er also sein Messer, ein hässliches, aber scharfes Instrument, das er früher zum Abhäuten von Robben benutzt hatte, und wollte es in den mächtigen Rücken des Walfängers rammen, welcher im allgemeinen Getöse der Massenschlägerei keinen Blick nach hinten werfen konnte, doch dieser spürte auf irgendeine Weise die Niedertracht, ließ seine Gegner außer Acht und wandte sich kurzerhand um.

Fäuste hagelten nun auf seinen Hinterkopf ein, doch er starrte nur jenen kleinen, gedrungen Feigling und das Eisen an, welches dieser auf ihn richtete.

Blitzartig zog Tyrone sein eigenes Messer, die mächtige Klinge mit dem Walbeingriff, und in eben diesem Moment schickte sich der Puller an, die züngelnde Spitze in sein Fleisch zu stoßen. Tyrone jedoch parierte den Angriff und rammte dem Kasachen den Stahl mit solcher Gewalt in die Brust, dass dieser zum Rücken herauskam.

Die Männer waren wie erstarrt von dieser Szene, doch einer von ihnen, Tawson, der alte Maat, sonst ängstlich und opportunistisch dem Walfänger ergeben, nutzte die Gelegenheit und schlug mit Wucht einen starken Riemen gegen dessen Schädel.

Das Ruderblatt zerbarst krachend an Tyrones Hinterkopf und dieser ging nieder, gefällt von einer übermächtigen Waffe, die ihn noch dazu von hinten getroffen hatte.

Als sich einige der erzürnten Männer auf den am Boden Liegenden stürzen wollten, traten der Captain und sein Steuermann aus dem sicheren Versteck eines Niederganges hervor und geboten dem Einhalt.

„Was passiert ist, ist ganz ohne Zweifel schlimm, Männer. Er hat den russischen Puller getötet." sagte Conway und warf einen Blick auf den reglosen Körper und das verzerrte Gesicht des Mannes, dessen Brust von Tyrones Messer vollständig durchbohrt war.

Die anderen Seemänner, die der Walfänger niedergeschlagen hatten, kamen allmählich und mit der Hilfe ihrer Kameraden wieder zu Bewusstsein. Sie alle starrten nun Conway an, mit einer Mischung aus Wut, Furcht und Ratlosigkeit.

„Ich habe euch vor diesem Tyrone gewarnt." setzte der Captain seine Ansprache fort. „Dieser Mann ist gerissen wie ein Panther und stark wie ein Bär, aber er hat sich zu weit hinausgelehnt. Er hat uns alle versucht übers Ohr zu hauen und uns damit herausgefordert. Euer Zorn auf ihn ist verständlich und kein Gericht dieser Welt wird euch einen Strick daraus drehen. Ich mache euch einen Vorschlag: Den Puller nähen wir in ein Stück Segel und geben ihm das Begräbnis eines Seemannes. Niemand wird etwas über seine wahre Todesursache erfahren. Er ging einfach in einer stürmischen Nacht über Bord. Tyrone aber, das ist euch wohl allen klar, können wir auch nicht hier an Bord behalten. Ihr habt gesehen, wie er unter euch gewütet hat, und seid euch gewiss, hätte Mister Tawson nicht eingegriffen, läget ihr nun alle mit aufge-schlagenem Schädel am Boden. Er wird ohne Zweifel blutige Rache nehmen wollen, und ich persönlich möchte dann nicht in der Nähe sein."

Der Ausdruck der Furcht in den Gesichtern der Männer wurde immer deutlicher und sie sahen ängstlich zu dem riesenhaften Mann hinüber, der auf dem Bauch vor ihnen auf den Planken lag.

„Daher mein Angebot an euch: Wir alle schließen jetzt einen Pakt. Niemand von uns wird Hand an Mister Tyrone legen, es soll ihm nichts geschehen. Doch wir werden ihn aussetzen. Er bekommt eines der Fangboote, dazu einen Kompass, Vorräte und die nötigste Ausrüstung. Alaska ist vierhundert Meilen entfernt und ein Mann wie er kann es durchaus schaffen. Das ist die fairste Chance, die wir ihm geben können, was er daraus macht, ist seine Sache. Für ihn ist es zumindest besser, als dass wir ihn in Frisco der Polizei übergeben und die ihn dann wegen Mordes aufhängt."

„Aber es war doch gar kein Mord, Sir! Mister Ty-rone hat sich nur verteidigt!" warf der alte Pat Richards ein und schaute entsetzt drein.

„Ach ja, Mister Richards? Wollen Sie das etwa bei irgendeinem Gericht aussagen? Wollen Sie sagen: Wir sind mit dreißig Mann auf Mister Tyrone los-gegangen und haben ihn mit Fäusten und Messern attackiert, was ihn dazu zwang, sich zur Wehr zu setzen? Sind Sie so naiv? Wollen Sie etwa, dass wir alle in einem Gefängnis landen und dieser ein-gebildete Bastard frei herumspaziert, die Taschen voller Geld, das eigentlich uns zusteht?"

Darauf hatte der alte Mann keine Antwort mehr.

„Also Leute, noch einmal: Für uns gibt es nur eine Möglichkeit, heil und mit gutem Gewissen aus der Sache herauszukommen: Wir tun das, was ich vorgeschlagen habe und setzen Tyrone aus. Offiziell ist er beim Walfang verunglückt, aus einem der Boote gefallen, der Wal hat ihn mit in die Tiefe gerissen. Wir alle halten dicht, das ist unser Pakt. Wer einen Ton sagt, muss mit der Strafe aller rechnen, denn nun sind wir alle in die Sache verwickelt. Wenn er Alaska erreichen sollte, was für einen erfahrenen Seemann wie ihn mit einem guten Kompass kein Problem sein dürfte, kann er immer noch erzählen, was er will. Keiner wird ihm glauben, denn es gibt hier auf See keine Zeugen. Außerdem werden wir alle dann vermutlich schon wieder über den ganzen Kontinent verstreut sein. Und das wichtigste ist: Sein Anteil wird uns gehören, Männer. Wir teilen ihn gerecht auf, wie es sich für Seeleute geziemt. Was sagt ihr dazu?"

Als Conway geendet hatte, kam zuerst beifälliges Gemurmel von den Männern, dann wurden sie lauter und schließlich waren sie alle rückhaltlos auf seiner Seite. Conway befahl, zur Besiegelung ihres Paktes eine Flasche Rum herbeizuholen. Diese kursierte bald unter den Männern und alle tranken und redeten sich ein, dass sie das einzig richtige taten.

Als sie sich kurz darauf anschickten, die Order des Captains zu befolgen und Tyrones Boot klarzumachen, warf Conway seinem Steuermann einen Blick teuflischen Blick zu. Der Plan der beiden war aufgegangen.

In dem Boot wurden Decken verstaut, ein Fässchen Wasser, eine Axt, mehre Päckchen Zündhölzer, ein Vorderladergewehr sowie Munition und Tyrones schwerer Bootsmantel, den sie aus seiner Kabine holten. Sein Geld, das sich in einem ledernen Beutel befand, steckte Tyrone in eine der Manteltaschen. Sein Messer, das man erst aus dem Brustkorb des getöteten Pullers entfernen musste, beließ man ihm ebenfalls. Das Fässchen mit Pökelfleisch suchte der Captain persönlich aus, und die hölzerne Kiste mit dem Schiffskompass war aus seinem Privatbesitz.

Als Tyrone mit schmerzendem Schädel zur Besinnung kam, weil ihm jemand einen Eimer kalten Wassers über das Gesicht goss, saß er bereits in dem kleinen Boot, welches gegen die Bordwand der *Whale* stieß. Ein paar Männer an der Reling über ihm hielten noch die Leinen, ansonsten gab es keine Verbindung mehr zum Schiff.

„Was hat das zu bedeuten?" fragte er sie, und versuchte sich zu orientieren. Was war geschehen? Er erinnerte sich an den Kampf, an den russischen Puller, den er hatte erstechen müssen, danach war jegliche Erinnerung ausgelöscht.

Als sie hörten, dass er bei Bewusstsein war, drängten alle verfügbaren Mitglieder der Mannschaft an die Reling, einschließlich des Steuermannes und des Captains.

„Wir setzen Sie hier aus, Tyrone." sagte dieser. „Es ist die einzige Möglichkeit, die Sie uns lassen. Sie sind ein Hochstapler und dazu noch gefährlich wie ein wildes Tier. Solange Sie an Bord sind, kann ich für die Sicherheit meiner Leute nicht mehr garantieren. Es ist nicht allzu weit bis zur Westküste Alaskas. In fünf bis sechs Tagen können Sie es schaffen. Sie haben Proviant für mindestens zwei Wochen in dem Boot, außerdem finden Sie in der kleinen Holzkiste dort einen Kompass. Die See ist im Augenblick etwas unruhig, aber die Wetterlage soll besser werden. Sie können es also problemlos schaffen, wenn Sie sich etwas ins Zeug legen.

Sie haben auch ein Gewehr an Bord, was Ihnen helfen wird, wenn Sie Alaska erreicht haben.

Kommen Sie aber nicht auf die Idee, es zu laden, bis Sie außerhalb unserer Reichweite sind, sonst schwöre ich Ihnen, dass die Männer Sie durchlöchern werden wie einen rostigen Eimer. Glauben Sie mir, jeder von ihnen täte es gerne, nachdem Sie diesen Mann erstochen haben.

Das Ganze wird Ihnen eine Lehre sein. Ich hoffe, ich sehe Sie niemals wieder, Bill Tyrone. Gute Reise!"

Damit trat er von der Reling zurück und entschwand aus Tyrones Blickfeld. Die Männer lösten die Leinen und warfen sie zu ihm hinunter, das Boot schlug noch einmal hart gegen die Bordwand, dann löste sich die *Whale* mit stampfendem Bug von ihrem kleinen Fangboot und fuhr immer weiter davon, weiter und weiter gen Westen.

Er blickte in die sich entfernenden Gesichter, die Gesichter jener Männer, die noch vor kurzer Zeit Hand in Hand mit ihm zusammengearbeitet hatten und nun meist in maskenhafter Starre darum bemüht schienen, keine Empfindungen preis zu geben. Nur hin und wieder sah er in ein freundlich gesonnenes Augenpaar, so etwa im Falle des alten Richards aus Wales, der die Hand zu einem letzten Gruß erhob.

Obwohl er wusste, dass es keinen Sinn hatte, hob Tyrone noch einmal die Stimme und rief über das Stück See, das ihn bereit von dem Schiff trennte: „Sie sind der feigste Bastard, dem ich jemals begegnet bin, Thomas Conway! Glauben Sie mir eines: Solange noch ein Tropfen Blut in meinen Adern fließt, werde ich Sie jagen, und sei es durch den ganzen Kontinent! Ich werde Sie finden und dann wird meine Rache Sie treffen, und Sie werden den Tag Ihrer Geburt verfluchen! Verdammt seien Sie auf ewig!"

Niemand entgegnete etwas, Conway trat nicht einmal mehr an die Reling, und da gab Tyrone es auf, sich seinem Zorn hinzugeben und versuchte stattdessen erst einmal, sich einen Überblick über seine Lage zu verschaffen. Unwillkürlich berührte seine Hand zunächst einmal den stark schmerzenden Hinterkopf, und das getrocknete Blut verriet ihm, dass die Verletzung nicht leicht war und man sie ihm nur mit einem schweren Gegenstand zugefügt haben konnte. In all den Jahren der unzähligen Kämpfe hatte er noch niemals die Besinnung verloren, dies war sein erster Knockout gewesen, und er konnte nicht behaupten, dass ihm diese Vorstellung gefiel. Er riss ein Stück von der Leinwand ab, die sie ihm als Reservesegel mitgegeben hatten, und verband seinen Kopf damit.

Dann begann er, systematisch seine Ausrüstung zu begutachten. Das Segel des kleinen Bootes war eingeholt und machte einen passablen Eindruck, auch die Ersatzleinwand sowie die Riemen waren tadellos.

Bei dem Gewehr handelte es sich um eine Hawken Rifle älteren Modells, keine moderne, aber eine relativ zuverlässige Waffe; sollte er das Land erreichen, würde sie ihm gute Dienste leisten. Auch sein Messer trug er in der Lederscheide am Gürtel; es war der einzige Gegenstand aus seinem persönlichen Besitz, den er nicht entbehren wollte. Die Decken und sein Bootsmantel würden ihn zumindest für eine gewisse Zeit warm halten; Streichhölzer und einige für das Überleben in der Wildnis unerlässliche Dinge fand er in einer Holzkiste.

Sein eigenes Geld hatte man ihm gelassen, das ihm zustehende Gehalt fand er jedoch nicht. Was konnte er auch erwarten, dachte er zerknirscht.

Als nächstes nahm er sich vor, den Kompass zu überprüfen, und damit begann für ihn ein bitteres Erwachen: Als er das kleine Kistchen öffnete, fand er es leer vor, und auch bei intensivem Durchsuchen des Bootes ließ sich kein Kompass finden. Das war Wahnsinn! Dieses Schwein, dieser verdammte Conway! Er hatte ihn betrogen, hatte ihn verraten! Ohne einen Kompass war die Fahrt in einem offenen Boot bis nach Alaska der reinste Selbstmord; seine Chancen hatten sich von einem Moment zum nächsten mindestens um die Hälfte verringert.

Wutentbrannt richtete er sich in dem kleinen Kahn auf und sah hinüber zur *Whale*, die inzwischen so klein wie ein Spielzeug erschien und immer mehr Fahrt aufnahm.

Wieder siegte die Vernunft über ihn, er riss sich zusammen; es hatte ja keinen Zweck, und überprüfte nun seine Vorräte. Das Wasser war relativ frisch und würde eine Zeitlang reichen; als er dies befriedigt festgestellt hatte, nahm er sein Messer zur Hand und stemmte das Fässchen mit dem Pökelfleisch auf.

Als er den Inhalt erblickte, wich er zunächst zurück, dann verwandelte sich sein Ekel jedoch in grenzenlose Wut: Das Fleisch war völlig verfault und mit Würmern übersät; das ganze Innere des Behältnisses schien zu leben.

Ohne zu zögern schleuderte er es mit einem zornigen Schrei über Bord. Für einen Moment blieb er einfach sitzen, der Hass drohte in innerlich zu zerfressen.

Dann begann er wieder vernünftig zu denken, und obwohl die Ungeheuerlichkeit dieses Verrates allmählich in sein Bewusstsein drang, zwang er sich dazu, einen Plan zu entwickeln.

Die vierhundert Meilen bis Alaska ließen sich womöglich in einer Woche bis zehn Tagen bewältigen, vorausgesetzt, der Wind hielt an und die See wurde für das kleine Boot nicht zu stürmisch. Das Problem für ihn lag aber darin, dass ohne Kompass eine Bestimmung der Himmelsrichtungen nicht einfach sein würde; er besaß keine Uhr, um den Sonnenstand zur richtigen Zeit genau zu überprüfen und um sich an den Sternen zu orientieren, musste es nachts wirklich klar sein, und das Wetter machte ihm derzeit keinen solchen Eindruck. Auch war es ziemlich unmöglich, ohne Kompass, Karte und Sextant einen genauen Kurs abzustecken und die Reise würde sich unweigerlich verlängern.

Es gab so viele Unwägbarkeiten, aber Tyrone konnte nichts tun, als sich mit seinem Schicksal abzufinden und den Kampf gegen die See aufzunehmen.

Die *Whale* war nur noch ein Segel am Horizont und der Seegang wurde stärker, aber Tyrone ließ sich nicht beirren. Ein paar Stunden noch, dann würde es Nacht sein, und er bekäme die Möglichkeit, nach dem Polarstern Ausschau zu halten.

Eine innere Zuversicht hielt ihn davon ab, mit seinem Schicksal zu hadern oder in Panik zu geraten; hinzukam, dass er sich schon zu oft in Überlebenssituationen befunden hatte, um dergleichen zu tun.

Das Schiff verschwand in der grauen Einöde von See und Horizont und Tyrone stand auf und trimmte das kleine Segel seines Bootes. Die steife Brise aus westlicher Richtung würde ihn schon an die Küste Alaskas treiben, vorausgesetzt, der Wind drehte nicht in den nächsten Tagen, soviel zumindest stand für den Walfänger von vornherein fest. Es war nur wichtig, dass er eine Änderung der Windrichtung auch mitbekam, um daraufhin die Stellung des Segels verändern zu können, allerdings war das nicht einfach ohne eine genaue Bestimmung der Himmelsrichtungen.

Bereits nach kurzer Zeit – eine genaue Angabe hätte Tyrone nicht machen können, denn seine Uhr befand sich auf der *Whale* – brach die Dämmerung über ihn herein.

Als es dunkelte, wurde seine totale Einsamkeit zum dominierenden Gefühl, doch er ließ sich davon nicht beeindrucken. Stattdessen wartete er geduldig ab, zurückgelehnt gegen die Sitzbank, und starrte zum bewölkten Himmel hinauf, in der Hoffnung, eine Peilung vornehmen zu können.

Er hatte sich die warmen Decken um die Schultern gelegt und die Hände tief in den Rocktaschen verborgen, um der allmählich zunehmenden Kälte zu trotzen. Die Jahre der Seefahrt hatten ihn gegen Wind und Wetter abgehärtet, und er hatte sich zudem auf seinen Fahrten die meiste Zeit an Deck aufgehalten, eine Tatsache, die ihm jetzt von großem Nutzen war, denn sein Immunsystem war stark, Tyrone strotzte vor Widerstandsfähigkeit.

Dennoch wusste er, dass die nächsten Tage auf See ihn auf eine harte Probe stellen würden, denn das

Beringmeer war zu dieser Jahreszeit so kalt und unwirtlich wie wenige Orte auf der Welt.

Als er darüber sinnierte, musste Tyrone unwillkürlich an Vitus Bering denken, den dänischen Entdecker und Seefahrer, der unter Zar Peter dem Großen diese Seen befahren und nach welchem man sie später auch benannt hatte. Viele gute, stolze, tatkräftige Männer waren schon in diesen Gewässern gesegelt, und nicht wenige hatten in den eisigen Wogen den Tod gefunden.

Wenn auch ich zu ihnen gehören sollte, dachte Tyrone, so wäre das immerhin nicht das schlechteste Angebot des Schicksals; immerhin besser, als irgendwann einmal als alter Greis auf dem Festland zu sterben, weit jenseits der einstigen Blütejahre.

Dennoch, so wurde ihm im selben Augenblick klar, würde er seinen Tod niemals zulassen, ohne nicht vorher bis zum letzten Atemzuge gegen das zu kämpfen, was man ihm angetan hatte.

Eigentlich sind sie ganz schön gerissen vorgegangen, Bill Tyrone, und du hast dich übertölpeln lassen, deinem eigenen Stolz und deiner Maßlosigkeit völlig hingegeben. Sie haben sich so verhalten, wie du es eigentlich hättest vorhersehen müssen, denn sie sind nichts weiter als Schufte, nichts als rücksichtslose Geschäftsleute, die den offenen Kampf scheuen und nur die feige Verschwörung beherrschen.

Er sah gen Himmel und musste lächeln. Genau genommen bist du in letzter Zeit selbst nicht viel anders gewesen, Tyrone, auch du hast dich nicht zum Guten verändert und nur nach deinem Profit gegiert. Du hast ausgebeutet, soviel und solange es ging, aber irgendwann einmal ist selbst aus der ergiebigsten Mine nichts mehr herauszuholen.

Aber nun genug davon, genug dieser sinnlosen Selbstzweifel, besinne dich auf das, was vor dir liegt, besinne dich auf deine Arbeit, auf dein Überleben.

Und so spähte er weiter angestrengt in die Nacht, in der stetigen Hoffnung, der Himmel gewähre ihm einen kurzen Blick auf den Polarstern. Aber es blieb trübe und verhangen, kaum ein Stern ließ sich in der dunklen Unendlichkeit ausmachen; nur einmal klarte es auf und er glaubte fast, eine Richtungsbestimmung vornehmen zu können, doch dann wurde der Himmel wieder grau und undurchdringlich, und schließlich, nach vielen Stunden, übermannte ihn der Schlaf. Der Tag war zu hart gewesen, als dass er sich der Erschöpfung hätte erwehren können, die schmerzende Kopfverletzung durch das Ruderblatt und die eisige Kälte taten ihr Übriges.

Als der Walfänger aus seinem betäubenden Schlaf erwachte, fühlte er sich keineswegs erholt, vielmehr schmerzte sein ganzer Körper durch das harte Liegen sowie die permanente Feuchtigkeit und Kälte, sein Schädel dröhnte nach wie vor, und er hoffte inständig, dass die Verletzung nicht ernsthafter war, als er vermutet hatte, denn von medizinischen Behandlungsmethoden in einem solchen Falle verstand er recht wenig.

Die Sonne war noch nicht aufgegangen, aber der Morgen graute bereits, die See war so unruhig und kabbelig wie am Vortage.

Unwillkürlich musste Tyrone an sein allmorgendliches Ritual auf der *Whale* denken, mit dem er den kommenden Tag zu begrüßen gepflegt hatte. Am Vortag war ihm gerade dieses Ritual zum Verhängnis geworden, überlegte er, denn seine Gegner hatten genau gewusst, dass er sich zu dieser frühen Stunde an Deck befände. Grundlos hätte sich dieser Trupp besoffener Männer sicherlich nicht um so eine Uhrzeit dorthin begeben, Conway musste sie genau instruiert und ihnen auch den Rum verschafft haben, sonst wären sie nie an solch große Mengen Alkohol gekommen. Es hätte auch bei einer Schlägerei und ein paar blauen Augen bleiben können, hätte dieser Russe nicht sein Messer gezogen und damit die Situation eskalieren lassen. Aber auch oder sogar gerade dies hatte sicherlich hervorragend in des Captains Plan gepasst. Dieser Bastard Conway, dachte er, und die Wut stieg wieder in ihm hoch, unbeherrscht und grenzenlos, als besäße sie ein eigenes Leben.

Er würde Conway vernichten, wenn er das hier überlebte, soviel stand fest, und seine Hände ballten sich zu Fäusten.

Dann aber kam, langsam und erhaben wie eine Göttin aus fernen Vorzeiten, die Sonne am Horizont hervor, und er ließ sich wieder einmal von diesem Naturschauspiel verzaubern und vergaß seinen glühenden Hass auf den Captain.

Er richtete sich vorsichtig auf, reckte seine verspannten Muskeln und spähte in alle Richtungen. Doch es zeigte sich kein Segel am Horizont, was er allerdings auch nicht erwartet hatte, denn zu dieser Jahreszeit gab es nicht viele Wagemutige, die das Beringmeer befuhren. Der amerikanische Walfang existierte in diesen Gewässern sowieso erst seit zwanzig Jahren, blühte eigentlich sogar erst seit 1867, als die Vereinigten Staaten den Russen Alaska abgekauft hatten. Aufgrund dieser Tatsache waren die Orte an der Westküste, allen voran die Stadt St. Michael, noch gänzlich im Aufbau begriffen und kaum mehr als kleine Nester.

Viel Holz für Schiffe gab es nicht in den nördlichen Breiten, und Ebenso wenig allzu viele Schiffseigner in Kalifornien oder sonst wo, die darauf erpicht waren, ihre schwimmenden Besitztümer auf die heikle Fahrt in den hohen Norden zu schicken.

Tyrone musste daran denken, wie er das erste Mal nach Alaska gekommen war. Es lag erst ein paar Jahre zurück, kam ihm aber vor wie ein halbes Jahrhundert.

Bereits als er den ersten Fuß auf diesen faszinierenden Flecken Erde gesetzt hatte, war ihm klar geworden, dass ihn dieses Land nicht mehr losließe mit seiner rauen Kargheit, seiner landschaftlichen Weite, den schneebedeckten Gipfeln und dem kalten, grauen Meer. Alaska war von solch herber Schönheit, dass ihm nichts, was er bisher gesehen hatte, vergleichbar vorkam.

Auch in diesem Augenblick, in dem kleinen Boot, einsam in der gigantischen Einöde der See, konnte er nur Bewunderung für diesen Teil der Welt finden, und wenn er sterben müsse, so sollte es hier geschehen.

Hoffnung

Es war hell geworden und er konnte so weit sehen, wie es seine menschlichen Augen zuließen, und für einen Moment glaubte er, noch viel weiter. Er fühlte sich frei und klar, sein Geist arbeitete mit der Präzision einer gut gewarteten Maschine, kein konkretes Gefühl belastete ihn, für kurze Zeit war es wie schweben, doch bald holte ihn die äußere Realität wieder zurück.

Es fing stark zu regnen an, nahezu aus dem Nichts kam dieser Regen, er kam mit Macht, mit dicken, endlos vielen Tropfen, die den Walfänger schon bald bis auf die Haut durchnässten und ihn frieren ließen.

Er verzagte indes nicht, sondern verstaute seine Decken unter der Bank und holte den kleinen Kochtopf hervor, den man ihm mitgegeben hatte. Schon bald wurde der Regen stärker, die ganze Welt schien in Regen zu versinken, und er begann, das sich schnell sammelnde Wasser aus dem Boot zu schöpfen.

Viele Stunden dauerte der Regen an, und er schöpfte, Stunde um Stunde, ohne auch nur einmal zu stöhnen oder zu fluchen. Das Wetter wirkte sich nicht auf seinen Gemütszustand aus; es ließ ihn völlig kalt.

Die Sonne hatte schon längst ihre Kraft verloren und versank langsam am grauen Horizont, da hörte der Regen auf, ebenso plötzlich, wie er gekommen war.

Wenigstens eine ruhige Nacht lässt du mir, dachte Tyrone. Du bist nicht der Unfairste. Dafür danke ich dir.

Er zog sich schnell aus, rubbelte den Körper mit einer der trockenen Decken ab, in die er sich dann einwickelte. Seine Kleider legte er zum Trocknen aus, dann schützte er sich mit den übrigen Decken und seinem Rock vor der Kälte und lag bald entspannt auf den hölzernen Planken. Eine Weile massierte er seine schmerzenden Muskeln, dann fiel er in einen tiefen Schlaf.

In dieser Nacht träumte er. Er träumte von Irland, seiner Heimat, von seiner Mutter, von der Überfahrt nach Amerika, er träumte vom warmen Süden, für den er gekämpft und geblutet hatte, von der würzigen Luft Louisianas, und von so viel Anderem aus seiner Vergangenheit.

Als Tyrone erwachte, fühlte er sich rundum erquickt und war beinahe frohen Mutes, als er das Dämmerlicht sah, das den neuen Tag ankündigte. Dieser Tag sollte ganz anders werden als der vorangegangene: Die See hatte sich deutlich beruhigt, wirkte fast lieblich und warm, besonders da es fast wolkenlos klar war und die Sonne mit einer Kraft strahlte, die man in diesen Breiten recht selten erlebte. Des Walfängers Kleider trockneten rasch, und als er sie anlegte, trocken und von der Sonne erwärmt, überkam ihn ein wohliges Gefühl, das zu seiner eigentlichen Situation ein Paradoxon darstellte.

Soweit er es beurteilen konnte, hatte sich die Windrichtung nicht verändert, eine leichte aber konstante Brise wehte aus- wie er annahm- Westen, und Tyrone überlegte, dass er in spätestens drei oder vier Tagen Land sehen müsse. Nach dem Sonnenstand zu urteilen trieb er wirklich in exakt westlicher Richtung, doch es war immer trügerisch, sich auf solch ungenaue Peilungen zu verlassen, denn wenn er sich nur um ein paar Strich verschätzte, konnte er aufgrund der großen Entfernung zum Festland direkt an

Alaska vorbei treiben, in nördlicher oder südlicher Richtung, und dies bedeutete ohne Frage den Tod. Ein paar Tage oder gar ein paar Stunden zu lange auf See, und Entkräftung sowie die eisige Kälte würden seinem Leben ein Ende bereiten.

Allmählich begann er einen starken Hunger zu verspüren, es war drei Tage her, seitdem er zuletzt gegessen hatte, und die raue See zehrte an seinen Kräften; in erster Linie war es jedoch ein guter Schluck, den er vermisste. Ohne Nahrung auszukommen war er gewohnt, aber ein paar Tage ohne einen Drink, das war eine andere Sache.

Das Wasser in dem kleinen Fass war allerdings frisch, und er schätzte sich glücklich, dass sie ihn wenigstens in dieser Hinsicht nicht betrogen hatten. Er nahm den Topf und schöpfte einen großen Schluck aus dem Fässchen, dann trank er bedächtig.

Wenn er Alaska erreichte, würde er zunächst versuchen, ein Stück Wild zu erlegen, denn es war kaum anzunehmen, dass er in der Nähe einer Ansiedlung an Land getrieben werden würde.

Der Walfänger überprüfte die Munition, die man ihm mitgegeben hatte: Kugeln und Schusspflaster befanden sich in einem ledernen Säckchen und waren gut gefettet. Das Pulverhorn war gefüllt, und er stellte erfreut fest, dass der Inhalt durch die Feuchtigkeit keinen Schaden genommen hatte. Auch Zündhütchen waren in ausreichender Menge vorhanden. Tyrone verstaute alles wieder in der kleinen Kiste, in welcher sich auch Zündhölzer, eine Angelschnur mit ein paar Haken sowie andere nützliche Dinge befanden.

Er war sicher, dass Dr. Kingsley, der Schiffsarzt, dafür verantwortlich gewesen war, dass man ihm diese Kiste mitgegeben hatte. Vermutlich war dies nur geschehen, da der Arzt sein schlechtes Gewissen beruhigen wollte, und nicht etwa aus einem Akt der Freundschaft, aber das spielte ja auch keine Rolle.

Der erste Sturm

In den letzten Stunden hatte sich das Wetter deutlich verschlechtert, die See war schwerer geworden. Er konnte sich nicht erinnern, dass sie in den letzten Wochen, die sie in diesen Gewässern verbracht hatten, so schwere See gehabt hatten. Aber schließlich stand der Winter in den nördlichen Breiten vor der Tür, in ein paar Wochen oder schon früher würde hier alles in kurzer Zeit zu Eis werden und jedes Schiff, und sei es noch so groß, wäre dann bestenfalls eingeschlossen, schlimmstenfalls jedoch zerdrückt wie ein Spielzeug.

Für Tyrones kleinen Kahn wurden bereits mittlere Brecher zur elementaren Bedrohung, denn selbst wenn das Boot nicht sofort kenterte, konnte es jedoch schnell sinken, wenn es zu viel Wasser aufnahm. Selbstverständlich existierten derlei Probleme an Bord eines Schoners wie der *Whale* nur in deutlich geringerem Maße.

Mit jeder Minute wurden die Wellen mächtiger, das Wasser schoss über die niedrige Bordwand, durchnässte den Walfänger bis auf die Haut und beschäftigte ihn ab sofort vollends damit, das Boot mittels seines rostigen Kochtopfes auszuschöpfen, eine Arbeit, die zugleich ermüdend und frustrierend war, da sie der sinnlosen Tätigkeit einer Gestalt aus der griechischen Mythologie, deren Namen Tyrone vergessen hatte, durchaus ähnelte.

So schöpfte und schöpfte er, viele Stunden lang, und obwohl der Walfänger Schlimmes gewohnt war, forderte ihm die Natur das Letzte ab. Schon bald waren seine vom Salzwasser aufgeweichten, schwieligen Hände nur noch eine blutige Masse, aber er arbeitete immer weiter. Ihm war bewusst, dass es das Ende wäre, wenn er sich zurücklehnen und ausruhen würde.

Wenigstens hatten sie ihm Ölzeug mitgegeben, denn zusätzlich begann es nun auch noch stark zu regnen.

Er konnte nicht sagen, wie lange er Wasser geschöpft hatte, aber irgendwann wurde die See wieder ruhiger, das Boot nahm nur noch wenig Wasser auf, und auch der Regen ließ nach; da wusste er: Er hatte seinen ersten Sturm überstanden.

In diesem Bewusstsein schlief er beinahe augenblicklich ein, er schlief die Nacht hindurch und über die Hälfte des nächsten Tages, und als er erwachte, begann es schon bald wieder zu dunkeln.

Tyrone erwachte zitternd, denn war kalt auf der rauen See, und er hatte keine Möglichkeit, sich etwas Warmes zu bereiten. Er zog noch einen wärmeren Pullover über, lockerte seine Muskulatur und bewegte sich, soweit es an Bord der Nuss-Schale möglich war.

Seiner Schätzung nach kam der Wind immer noch grob aus westlicher Richtung, und er nahm sich vor, während der Nacht angestrengt nach dem Polarstern Ausschau zu halten. Zwar war der Himmel noch bedeckt, aber er gab die Hoffnung nicht auf, dass es irgendwann wenigstens für kurze Zeit aufklaren würde.

Die Wunden an seinen Händen waren ein wenig verheilt und er fand in der Holzkiste auch eine Salbe und Verbandszeug, womit er sich schnell ein paar gute Bandagen herstellte.

Zu diesem Zeitpunkt befand sich die *Whale* bereits viele Meilen in südöstlicher Richtung von ihm entfernt, mit Kurs auf Kalifornien.

Sie hatte am Vortage noch den großen Fang von drei Blauwalen gemacht, und Conway hatte entschieden, dass sie nun, die Laderäume bis oben hin gefüllt mit Öl, so schnell wie möglich nach San Francisco zurückfahren würden. Er war als guter Geschäftsmann nicht gewillt, das Risiko, vom Eis überrascht zu werden, einzugehen, und da er die Gewässer nicht kannte, gebot ihm sein rationaler Verstand, die kalte Beringsee zu verlassen.

Alle an Bord zeigten sich von dieser Entscheidung überrascht, denn sie hatten damit gerechnet, dass die Fahrt noch mindestens zwei bis drei Wochen dauern würde, aber letztendlich war jeder Mann auf der *Whale* froh, dass alles ohne nennenswerte Komplikationen abgelaufen war. An den Walfänger, den sie in den eisigen Gewässern ausgesetzt hatten, mit einer äußerst geringen Überlebenschance, dachte kaum noch jemand. Die Männer vorn gehörten nicht zu der Sorte, die sich über den Verlust eines Menschenlebens allzu sehr den Kopf zerbrach, und die Männer achtern, besonders Kapitän und Steuermann, waren gerissen und boshaft und darüber hinaus überaus glücklich, die lästige Konkurrenz losgeworden zu sein. Niemand außer ihnen wusste von dem eigentlichen Verrat, den sie geübt hatten, als sie Tyrone ein Boot übergaben, das völlig unzureichend ausgerüstet war, und die beiden waren überzeugt, dass es nie jemand erfahren würde.

Und so rollte die *Whale* in der Dünung, mit jeder Stunde dem sonnigen Kalifornien um ein paar Meilen näherkommend.

Von wärmeren Gefilden konnte der Walfänger indes nur träumen.

Des Nachts lag er wach und stark frierend in dem Boot und starrte so lange in den verhangenen Himmel, bis ihm die Augen schmerzten. Er hatte zunächst kein Glück. Zwei Nächte lang sah er nicht einen Stern, und tagsüber schlief er einen erschöpften, unruhigen Schlaf. Erst in der dritten Nacht waren seine Beobachtungen erfolgreich: Für kurze Zeit vertrieb ein schwacher Wind den dichten Wolkenschleier und gewährte ihm einen kurzen Blick auf das nächtliche Firmament. Der Polarstern, war da, wo er vermutet hatte, und er konnte nun grob abschätzen, dass er sich auf dem richtigen Kurs befand. Noch etwa eine Woche, so lautete seine Schätzung, dann müsste er das Festland zu Gesicht bekommen, zumindest aber eine Inselgruppe, etwa die Aleuten, für den Fall, dass er sich weiter südlich befand, als er annahm.

Der zweite Sturm

Doch alles sollte ganz anders kommen. Denn zunächst wurde das Wetter am sechsten Tage wieder schlechter und ein erneuter Sturm kündigte sich an. Doch diesmal sollte es zuerst Nacht werden, bis das Unwetter über das kleine Boot hereinbrach. Tyrone hatte kaum geschlafen, als eine mächtige Woge über ihn hereinbrach und ihn blitzartig weckte. Die Kälte des Wassers ließ ihn schaudern und er richtete sich langsam auf, als ein erneuter Brecher, stärker als der erste, ihn von der Gefahr überzeugte. Unverzüglich trimmte er das Segel, denn es war seine feste Absicht, jeden Sturm abzureiten und erst im letzten Moment zu reffen. Danach nahm er wieder den alten Topf zur Hand, beugte sich nieder und schöpfte mit der Ausdauer eines äußerst trainierten Mannes. Trotz der Jahre des regelmäßigen Trunkes war er von starker Physis und er besaß einen unbeugsamen Willen. Es kümmerte ihn nicht, dass bald jeder Muskel brannte und zu zerreißen schien, ebenso wenig, dass seine Lunge völlig überanstrengt war, und er vollführte seine Arbeit die ganze Nacht hindurch mit der Kontinuität einer Maschine. Schon bald öffneten sich die Wunden an seinen Händen erneut und die Bandagen waren durchblutet und wertlos. Also schnitt er sie kurzerhand durch und warf sie über Bord. Wie gut, dass es in diesen Gewässern keine Haie gibt, dachte er, und die Absurdität dieses Gedankens prägte ihm unweigerlich ein Grinsen ins Gesicht. Er musste laut lachen, und darüber vergaß er sogar die Schmerzen an seinen Händen und die Kälte in seinem ganzen Körper.

Als der Morgen graute, bekam er erst das volle Ausmaß des Sturmes zu Gesicht: Die eisgrauen Wellen waren meterhoch und bis zum Horizont sah man nichts als eine tobende, menschenfeindliche See, ein trübes, düsteres Szenario mit apokalyptischen Anklängen.

Tyrone war ein Mann, der sich nur von wenigen Dingen auf der Welt beeindrucken ließ, und er war sicher, dass ihn selbst die Pforten der Hölle nicht einzuschüchtern vermochten, aber als er mit einem Male die Situation, in der er sich befand, realisierte, da überkamen ihn doch leise Zweifel. Es kam ihm vor, als habe er all die Tage zuvor in einen verstaubten Spiegel gesehen, und als zeige ihm dieser bei Anbruch des Tages nun endlich mit aller unerbittlichen Klarheit das wahre Spiegelbild. Da war kein Whiskey mehr, hinter dem er sich verstecken konnte, und wie am Tage des Jüngsten Gerichts erschien ihm jede Ausrede lächerlich vor der blendenden Wahrheit.

Der Walfänger richtete sich in dem kleinen Boot auf, so entsetzt war er auf einmal, und eine mächtige Woge packte den Kahn, schleuderte ihn empor und riss Tyrone von den Füßen. Er fiel rücklings und stürzte mit dem Hinterkopf auf die Sitzbank; augenblicklich verlor er das Bewusstsein.

Dämonen

Grüne, duftende Wiesen, Sommerzeit. Menschen, die vor ihren kleinen steinernen Häusern sitzen und die Sonne des späten Nachmittags genießen. Wie dieses Land doch duftet! Ein einziges Blumenmeer, durch das er schreitet, seine Beine sind federleicht, kaum spürt er ihre Bewegung. Schafe weiden friedlich in seiner Nähe, junge Mädchen sehen hinter ihm her, er hört sie flüstern, wie kühn er doch einherschreite, und um sein Herz wird es warm und friedvoll. Leise, so als wolle er nichts zerstören, spricht er das Wort aus: Heimat. Es ist berauschend, die volle Bedeutung dessen zu erfassen.

Die Landschaft ist so sanft, in den Tälern schmiegen sich die einfachen Häuser der kleinen Ortschaften aneinander, um die grünen Hügel spielt ein leiser Wind. Die ganze Insel scheint von einem Teppich des feinsten und saftigsten Grases überzogen, das es auf der Welt geben kann.

Er geht weiter, bis er die kleine Anhöhe erreicht, von der aus man das Haus sehen kann.

Als er das aus groben Feldsteinen gemauerte Gebäude sieht, wird ihm auf einmal anders zumute. Es ist das Heim seiner Familie, das Haus, in dem er aufgewachsen ist, der Ort, an dem er die ersten siebzehn Jahre seines Lebens verbracht hat. Nun muss er all dies verlassen, sich eine neue Heimat suchen, denn hier gibt es keine Zukunft für ihn. Eine tiefe Traurigkeit ergreift ihn, als er weiter geht, und als er seine Mutter sieht, wie sie mit einem Wäschekorb zu dem kleinen Bach geht, da fühlt er sich, als sei sein Herz mit stählernen Bändern eingeschnürt.

Er wirft noch einen langen Blick auf das alles, denkt an seine Schwestern, seinen Bruder John, an seinen Vater, der verstarb, als er noch ein kleiner Junge war, dann wendet er sich ab und geht langsam davon.

Er marschiert tagelang, bis er die Küste erreicht, auf der Suche nach einem Schiff, das ihn in die Neue Welt bringen wird...

Unruhe, ein unruhiger Schlaf, der Schädel schmerzt, hat ihn jemand mit einem Holzscheit verwechselt? Tyrone windet sich, wälzt sich in dem kleinen Boot hin und her, das Boot ist fast bis zum Kentern voll mit Wasser, immer wieder schluckt er von dem scharfen Salzwasser, doch er erwacht nicht, die Bewusstlosigkeit ist zu tief. Dann wieder Bilder, Bilder unterschiedlicher Art, schöne wie schreckliche, ein tiefes, unentwirrbares Knäuel von Gedanken.

„Sarah, Sarah...!" Er ruft ihren Namen. „Mein Gott, was habe ich nur getan?"

Er sieht sie vor sich, so wie sie war, dunkelhaarig, kraftvoll, wunderschön. Ihre Lippen sind an den seinen, ihre sanften Hände streichen über seinen Rücken, er spürt die Rundung ihres Bauches. Nicht mehr lange, dann wird das Kind kommen...

Dann, ein neues Bild, das schöne alte Haus in Louisiana, ganz im europäischen Stile erbaut, die Luft des wunderbaren Sommerabends, die Bäume, in der Dunkelheit nur schemenhaft zu erkennen.

Die Lichter im Innern sind erloschen, in den großen Fenstern spiegeln sich die Bewegungen der

Sträucher wider, mit denen der Wind sein Spiel treibt.

Er weiß, dass sie schläft, und er weiß auch, dass für ihr Auskommen gesorgt ist, und dass sein Kind niemals Hunger leiden wird, wie er es als Junge gemusst hat, aber das macht es ihm nicht leichter. Den Beutel mit dem Geld hat er in der Küche gelassen, sein Pferd ist gesattelt, der steigt auf, das Leder von Sattel und Stiefeln knarrt, doch er verspürt keine freudige Erregung, wie sonst immer, wenn er weg reitet.

Was hast du nur getan, Tyrone! Sie war hochschwanger und du hast sie im Stich gelassen! Du hast immer nur an dich gedacht, du eigennütziger Bastard, und du weißt, dass es rechtens wäre, wenn du nun dein Ende fändest!

Die See schleuderte das Boot unbarmherzig hin und her, der Wind heulte und die eisige Kälte der herbstlichen Beringsee griff mit ihren Klauen nach dem winzigen Bisschen Leben, das noch nicht vor ihr kapituliert hatte, doch Tyrone, der Walfänger, spürte nichts davon. Um ihn herum war nur Dunkelheit.

Es dauerte sehr lange, bis er erwachte. Als erstes registrierte er, dass er Schmerzen hatte. Die Schmerzen in seinen Muskeln waren schon schlimm, aber sein Kopf schien förmlich zu zerbersten. Vorsichtig blinzelte er, doch die Helligkeit blendete ihn und er schloss die Augen wieder. Wozu überhaupt noch aufstehen? Es hatte ja doch keinen Zweck. Doch wie jedes Tier besitzt auch der Mensch einen Überlebenswillen, der stärker ist als die Vernunft, und obwohl es ein aussichtsloses Unterfangen schien, gegen all den Schmerz und seine grausame Lage anzukämpfen, richtete Tyrone sich auf.

Er öffnete die Augen und es erstaunte ihn, wie ruhig die See auf einmal war. Der Himmel war verhangen, doch es regnete nicht, und die Dünung war nicht zu schwer.

Das Boot war voll Wasser, und er wusste, dass es bald kentern würde, wenn er es nicht ausschöpfte.

Ich bin gefallen, dachte er, und vorsichtig betastete er seinen Hinterkopf. Er musste hart aufgeschlagen sein, denn sein langes Haar war blutverkrustet, und auch die Wunde, die er durch den Riemen erhalten hatte, schien sich wieder geöffnet haben.

Langsam erhob er sich, dann spülte er das Haar mit Salzwasser aus und verband die Wunde anschließend sorgsam. Ein Schluck Trinkwasser löschte seinen brennenden Durst. Glücklicherweise schien nichts von seiner Ausrüstung über Bord gegangen zu sein.

Es dauerte sehr lange, bis Tyrone das Boot ausgeschöpft hatte. Das lag weniger daran, dass es übermäßig viel Arbeit gewesen wäre, sondern hatte eher zum Grund, dass der Walfänger allmählich an sich zu zweifeln begann.

Er wurde nachlässiger, trocknete und wechselte während der nächsten Tage, die vom Wetter her mild waren, seltener seine Kleidung, verband seine Wunde nicht mehr, und hörte auf, nach dem Polarstern zu suchen. Tagsüber befand er sich meistens in einem unruhigen Halbschlaf, und nachts überkamen ihn schlechte Gedanken. Hunger und Entkräftung sowie häufige Muskelkrämpfe taten ihr übriges, ihn niederzuringen. Der zweite Sturm hatte ihn sehr mitgenommen.

Während seiner Odyssee durch das eisige Meer grübelte Tyrone lange über das Sein nach. Darin lag bald nichts Aktives mehr, vielmehr war es wie ein innerer Bilderstrom, der vor seinen Augen ablief, und den er weder beeinflussen noch anhalten konnte.

Wozu hatte er gelebt, was machten all die vielen Abenteuer schon für einen Sinn, wenn es doch niemanden gab, dem er davon berichten, mit dem er seine Erfahrungen teilen konnte?

Weshalb tun wir schon irgendetwas? schoss es ihm andauernd durch den Kopf.

Diese Welt wird sich auch weiterdrehen, wenn du nicht mehr bist.

Eigentlich bist du doch nur eine Art Gewürm, verdammt dazu, für die Dauer eines Lidschlages zu existieren und dann zu verlöschen wie eine heruntergebrannte Kerze. Nichts von dir bleibt, nichts spielt eine Rolle. Du kannst dieser Welt nichts von dir hinterlassen, und du kannst auch nichts aus ihr mitnehmen, wenn es zu Ende ist. Alles ist so schnell vorbei, dass es wie ein lächerliches, groteskes Spiel erscheint, wie ein unerhörter Witz Gottes.

Weshalb tun wir schon irgendetwas?

Weshalb atmen wir, und nehmen dadurch anderen die Luft zum Atmen, weshalb lieben wir, und brechen damit anderen die Herzen, weshalb setzen wir Kinder in die Welt, für die wir nicht da sein können, und weshalb töten wir?

Du hast nicht gut gelebt, Bill Tyrone, du hast nichts von dem getan, was der Pfarrer gesagt hatte, damals, in deiner armseligen Heimat. Du hast gesündigt, viele Male, mehr als die meisten Menschen dieser Welt.

Sehr früh schon hast du angefangen zu trinken, hast dich geprügelt, gehurt und alle möglichen Frauen verführt, denen du nichts bieten konntest.

Sie wussten es nicht, Tyrone, aber du wusstest, dass du gehen würdest, bevor der Morgen graut, und sie alle dachten, du seiest stark und mutig genug, um bei ihnen zu bleiben um sie oder die Kinder zu ernähren, die du nicht selten in ihre Leiber gepflanzt hattest.

Aber du hast nichts dergleichen getan, Tyrone, du bist davongegangen, immer wieder.

Dir war klar, dass du fortmusstest, weit hinaus, um auf deine Wiese die Welt zu erobern, aber in Wahrheit hast du doch gar nichts erreicht, denn du hast dich dem nicht gestellt, was man Verantwortung nennt. So gesehen bist du nichts als ein Feigling.

Du läufst davon, das hast du immer getan, und genau deshalb trinkst du auch so viel. Du trinkst, um zu vergessen, um die Schuld zu verdrängen, aber das kannst du heute nicht, und du wirst es niemals können.

Außerdem trinkst du, weil du dich davor fürchtest, deine eigene Legende zu sein. Du hast Angst, dass dich die Kraft irgendwann verlässt, und dass sie dich dann fertigmachen, wie sie es auf der *Whale* getan haben.

Du hattest noch niemals zuvor verloren, aber nun ist es geschehen. Sie haben dich niedergeschlagen, du bist zu Boden gegangen, und wie es aussieht, wirst du keine Gelegenheit mehr zum Aufstehen bekommen. Sie haben dich einfach zerschmettert, am Boden zerstört, für immer abgeschrieben.

Das war es, Tyrone, deiner Legende braucht deine Sorge nun nicht mehr zu gelten, denn auch sie wird erlöschen, sobald du nicht mehr bist. Diejenigen, die über die wahre Geschichte Bescheid wissen, werden sagen, jetzt hat es ihn erwischt, den Tyrone, diesen harten Bastard, der so viel hinter sich hatte. Aber das war abzusehen, denn er hat sich einfach zu weit hinausgewagt. So gut ist keiner, auch er nicht.

Geh über den Fluss, Tyrone, geh, es kostet nicht viel Anstrengung. Sieh, da ist er, der Fluss, so hell und schimmernd, und dort wartet schon der Fährmann, ein Mann, dem man vertrauen kann, so alt, grau und bärtig. Er wartet auf dich, zwinkert dir zu, komm nur, mein Junge, es ist schon spät, ich bringe dich hinüber.

Hör doch auf damit, Tyrone. Warum schöpfst du noch Wasser aus dem kleinen Boot, obwohl du ja doch das Ende kennst? Du weißt, der Seegang wird stärker werden, der Regen nicht nachlassen.

Warum einen sinnlosen Kampf austragen? Warum sich nicht der See überlassen, dem ewig bewegten Element, in deren Tiefe dich nur Erlösung erwartet? Du brauchst dich vor dem Tod nicht zu fürchten. Er bedeutet Ruhe, Wärme, Schlaf. Befreiung von allem Schmerz, allen Qualen.

Lehne dich zurück, Walfänger, las sich die See deiner annehmen. Du glaubst doch an die Unsterblichkeit der Seele? Ja, das tust du, und du tust recht daran.

Nichts ist endgültig, Tyrone, und in dem Land jenseits des Flusses stehen noch viele Tore für dich offen.

Geh über den Fluss, Tyrone, es kostet nicht viel Kraft.

Du hättest sie nicht alleine lassen dürfen, Tyrone. Das war eine große Sünde. Du wusstest doch, dass sie dein Kind im Leibe trägt, und wie viel hast du ihr nicht versprochen! Du sagtest ihr, du würdest für sie da sein, für sie und das Kind, und in Wahrheit hast du dich des Nachts davongeschlichen. Wie ein Bandit hast du Reißaus genommen, und warum?

Weil du deine Freiheit nicht aufgeben wolltest, noch nicht einmal für eine Familie. Und jetzt bist du hier, Tyrone, hier auf eisiger See, rettungslos verloren und dem Tod so nahe.

Nun wünschst du nichts sehnlicher, als all dem den Rücken kehren und die Fehler der Vergangenheit korrigieren zu können. Und doch weißt du, dass dies unmöglich ist.

Tyrone, der Walfänger. Die letzten Jahre hast du damit verbracht, diese unseligen Tiere zu jagen, um damit Geld zu verdienen. Du hast nichts erschaffen, sondern nur getötet und zerstört.

Du bist infam und berechnend gewesen, hast dich nur um deinen Profit geschert und einen Teufel um andere Menschen.

Drei Jahre alt muss dein Kind inzwischen sein. Jetzt wächst es ohne Vater auf. Vielleicht übernimmt aber auch ein anderer diese Rolle. Ein anderer Mann, der Sarah liebt. Es wäre auch gut so. Sie verdient etwas Besseres als dich.

Geh über den Fluss, Tyrone.

Der Morgen graute und der Walfänger war so verzweifelt wie noch niemals zuvor in seinem Leben. Immer wenn die Dunkelheit kam und die Nacht hereinbrach, dann wurde es am schlimmsten. Dann kamen sie, die Dämonen, die in ihm wüteten und den Rest seines Seins auszulöschen versuchten. Sie stellten ihn gnadenlos zur Rede, konfrontierten ihn mit all den Fehlern, die er in der Vergangenheit begangen hatte und stießen ihn auf diese Weise in die tiefsten Abgründe, ohne dass er auch nur das Geringste dagegen unternehmen konnte.

Allmählich lernte er jedoch, mit den Dämonen umzugehen und sich seinem Schicksal zu fügen. Waren sie denn nicht Wirklichkeit? War denn nicht alles wahr, dessen sie ihn bezichtigten?

Diese Odyssee war schon längst zu einem Martyrium für Tyrone geworden, es war mehr für ihn als eine unglückliche Aneinanderreihung von Gegebenheiten, sondern schien ihm sein persönliches Jüngstes Gericht zu sein.

Im letzten Sturm war das zerbrechliche Boot von Gewalten durch die Wogen geschleudert worden, die ihm weit jenseits dessen erschienen waren, was die Natur zu tun vermochte. So oft schon war er an dem Punkt angelangt, an dem er, fern von Zuversicht, aber auch fern von Angst, mit dem Gedanken gespielt hatte, kein Wasser mehr aus der Nuss-Schale zu schöpfen, sich statt dessen einfach zurückzulehnen und zu warten, bis die See sich seiner bemächtigte. Manchmal wollte er sich auch einfach über die niedrige Bordwand wälzen und seinen entkräfteten Körper dem Element überlassen, das er so liebte.

Tu es doch einfach, sprachen die Dämonen zu ihm, tu es, und alles ist beendet. Du wirst nicht viel spüren, Walfänger, las dich über den Fluss bringen, es ist nicht weit.

Doch jedes Mal flammte etwas in ihm auf, dass stärker war als die Geister in seinem Kopf: ein unbändiger, übermenschlicher Überlebenswille, gepaart mit dem Gedanken daran, wie wunderbar das Leben doch sein konnte. Nein, er durfte nicht aufgeben, musste kämpfen, solange es nur irgendwie ging.

Als es nun endlich hell wurde, war Tyrone schweißgebadet, aber doch glücklich, noch einmal den Tag sehen zu dürfen.

„lass mich nicht bei Nacht sterben, Herr." betete er leise, und dabei wurde ihm bewusst, wie lange er schon nicht mehr gebetet hatte. „Ich hatte auch nie viel Zeit dazu." murmelte er übermüdet.

Es war bög und kabbelig, aber nichts deutete auf einen Sturm hin. Die aufgehende Sonne strahlte mit schwacher Kraft, ein Indiz dafür, dass der Winter näher rückte. Noch ein paar Wochen, dann würde das gesamte Beringmeer zufrieren.

Selbst für den unwahrscheinlichen Fall, dass es ihm gelänge, irgendwo in Alaska zu landen, wäre es ein schwieriges Unterfangen, überhaupt am Leben zu bleiben.

Wenn die Flüsse zufroren, gab es keine Gelegenheit mehr, mit einem Kanu irgendeine Ansiedlung zu erreichen, und alleine ohne eine feste Behausung konnte man einen Alaska- Winter nicht überleben. Die einige Möglichkeit, bei Schnee und Eis noch voranzukommen, waren Hundeschlitten, und die gab es nur in den Siedlungen der Weißen oder bei den Inuit.

Conway hatte ihn ganz eindeutig zum Tode verurteilt, und inzwischen hielt Tyrone seine Vorstellung, dass er mit einem kleinen Boot die herbstliche Beringsee befahren könne, für sehr einfältig.

Niemand konnte das, und in diesem Moment glaubte der Walfänger zu wissen, dass er einen dritten Sturm nicht überleben würde.

Mühsam kroch er auf allen Vieren durch das Boot, nahm den rostigen Kochtopf aus der Kiste am Bug und begann langsam und träge, das Wasser auszuschöpfen.

Der Hunger löste einen Brechreiz in ihm aus, und Sekunden später übergab er sich würgend über die Bordwand.

Seine Kräfte schwanden stetig, und das immer knapper werdende Trinkwasser vermochte daran nicht viel zu ändern.

Sein Blick fiel auf das in gewachstem Segeltuch eingewickelte Gewehr. Eine gute Büchse. Leider würde sie ihm nicht mehr viel nützen, denn die Wahrscheinlichkeit, doch noch Land zu erreichen, bevor er tot wäre, wurde von Stunde zu Stunde geringer. „Warum lade ich sie nicht einfach, nehme den Lauf in den Mund, spanne den Hahn und drücke ab?" sagte Tyrone fast unhörbar vor sich hin. Doch er wusste, dass er dies niemals tun würde.

„Nein, so wird es nicht enden!" rief er laut aus, und nahm wieder den Kochtopf zur Hand.

Inzwischen hatte die *Whale* San Francisco erreicht.

Man war von Bord gegangen und hatte die Ladung gelöscht. Die Preise für Waltran waren gestiegen, und somit hatte die beiden Eigner Conway und Lloyd hervorragenden Profit gemacht.

Ein Teil der Mannschaft war in Frisco an Land gegangen, um dort nach einer neuen Arbeit zu suchen, oder aber das Verdiente durchzubringen. Die meisten jedoch bleiben bei Carter Lloyd auf der *Whale*, um auf ihr nach New York zu segeln, von wo aus man Fracht nach Europa und Afrika fahren wollte.

Letzten Endes war die Frachtschifffahrt inzwischen weitaus einträglicher als der Walfang, und obendrein noch weniger gefährlich.

Captain Thomas Conway hatte die *Whale* ebenfalls verlassen, um von Frisco aus eine Passage noch Louisiana zu nehmen. Er hatte den Löwenanteil des Gewinnes bekommen und konnte sich nun als wohlhabender Mann betrachten. Er beabsichtigte, nicht noch einmal an Bord der *Whale* zu gehen, an der er fünfzig Prozent Anteil besaß. Die Seefahrt überließ er seinem alten Freund Lloyd, er selbst freute sich auf seine große Plantage.

Der dritte Sturm

Tyrone kämpfte gegen die eisige Kälte und starke Muskelkrämpfe, die ihm die Besinnung zu rauben drohten.

Immer wieder versuchte er, die verkrampften Arme und Beine zu lockern, aber ständig feuchte Kleidung und starker Mineralmangel blieben nicht ohne Folgen.

Der Walfänger zitterte am ganzen Körper, und seine Zähne schlugen aufeinander. Was gäbe er jetzt nicht alles für eine warme Hütte und etwas zu essen!

Innerhalb kurzer Zeit begann sich der Himmel zu verdunkeln, die See wurde rauer. Tyrone spürte, wenn ein Sturm sich ankündigte, aber in diesem Falle hätte vermutlich sogar eine Landratte erahnen können, was bevorstand.

Zunächst waren es kräftige Prisen, die für eine stärkere Dünung sorgten und die Wogen ihr Spiel mit dem hölzernen Boot treiben ließen, dann kündigte ein unheilvolles Heulen einen Orkan an, bei dessen Vorstellung es dem Walfänger eiskalte Schauer über den Rücken jagte.

„Der dritte Sturm." brachte er hervor, seine Hände klammerten sich an die Bordwand, die Fingernägel gruben sich in das feuchte Holz, und er begann noch stärker zu zittern als zuvor.

„Das ist das Ende."

Kein Mensch hätte sein Murmeln noch verstehen können, so stark war bereits die Geräuschkulisse der tobenden See.

Ein gewaltiger Wirbelwind aus Gischt uns Spritzwasser traf den Ausgesetzten mit großer Wucht, was diesen dazu veranlasste, den langen Ölmantel bis zum Kragen zuzuknöpfen.

Das Boot wird kentern, dachte er, wenn die Wellen höher werden, dann wird es kentern, das verdammte Ding ist einfach zu klein für eine solche See. Das Segel kann ich nicht hissen, es würde sofort zerreißen, der Sturm wird einfach zu stark werden, um ihn abzureiten. Ich kann nur Wasser schöpfen und hoffen, eine andere Möglichkeit bleibt mir nicht.

Von Minute zu Minute wurde das Heulen des Windes stärker, und es war, als verdoppelten sich die Wellen ständig in Höhe und Macht.

Doch Tyrone kannte bereits keine Furcht mehr, nur noch eine tiefe Gleichgültigkeit gegenüber seinem Schicksal. Zeitweilig ergriff ihn sogar immer wieder der Wunsch zu sterben und von allen Qualen befreit zu werden.

Obwohl der Sturm erst in seiner Anfangsphase war, wusste der Walfänger bereits zu diesem Zeitpunkt mit Sicherheit, dass er Vergleichbares noch niemals zuvor gesehen hatte.

Blitze durchzuckten den düsteren, von grauen Wolkenfetzen bewegten Himmel, in langen, dichten Strähnen ging ein harter Eisregen hernieder und traf den erschöpften Mann erbarmungslos.

Wie wild begann er Wasser zu schöpfen, mobilisierte seine letzten Kräfte, denn er konnte diesen einseitigen Kampf noch nicht aufgeben. Wieder siegte der instinktive Überlebenswille über die Vernunft, wieder tat er, was eigentlich aussichtslos war.

Der Himmel hatte sich schlagartig verdunkelt, und die Regenschauer wurden immer schwerer, doch viel mehr beunruhigte Tyrone ein Unheil verkündendes Heulen und Dröhnen, das mit keinem irdischen Lärm vergleichbar war und direkt aus den tiefsten Schlünden der Hölle zu stammen schien.

Der Walfänger hatte schon hunderte von Stürmen erlebt, aber in jenem Augenblick hielt mit dem Schöpfen inne, legte den rostigen Topf zur Seite und horchte gebannt auf die entfernten Geräusche.

Tatsächlich kam das Getöse näher, und mit jedem Moment schien die See schwerer, der Himmel dunkler und apokalyptischer zu werden.

Wuchtige Brecher trafen den Kahn, und Tyrone schöpfte verbissen Wasser. Aus den Schauern war ein Platzregen von solcher Heftigkeit geworden, dass des Walfängers Kleider binnen kürzester Zeit vollkommen durchnässt auf seiner Haut klebten und die kalten Böen ihn schaudern ließen.

Mit einem Male ergriffen die gigantischen Wogen, einem allmächtigen Arme gleich das Boot und schleuderten es meterhoch in die Luft.

Aus dem Vorspiel war der erste Akt geworden, dachte Tyrone flüchtig. Vielleicht aber auch der letzte.

Als er auf den Kämmen der riesenhaften Wellen ritt, erschien es ihm bald widersinnig, noch irgendetwas zu tun, denn das Boot konnte sowieso jeden Moment kentern. Nichtsdestotrotz hörte er nicht auf, Wasser zu schöpfen.

Überall an seinem Körper begannen die Muskeln zu verkrampfen, unsagbare Schmerzen für jeden Mann, doch dieser spürte bereits nichts mehr.

Stattdessen war es, als sei er bereits in eine andere Wirklichkeit eingetreten, habe die Pforte aufgestoßen, hinter der es keinen Schmerz mehr gab.

Was waren Zeit und Raum, was bedeutete schon das Leben des Einzelnen?

Was habe ich in meiner Zeit schon Bedeutsames getan, welche guten Taten vollbracht?

Und dennoch hörte er nicht auf zu schöpfen, mit wilder, unbezwingbarer Entschlossenheit. Noch ist meine Geschichte nicht zu Ende, dachte Tyrone, und falls doch, so möchte ich zumindest die Art und Weise meines Endes selbst wählen.

Wenigstens bist du kämpfend untergegangen, Bill Tyrone.

Nachruf auf William Tyrone: Walfänger, Seefahrer, Kämpfer.

Vielleicht wird dir Vergebung widerfahren. Jenseits der Pforte.

dass er zu Boden sank, wusste Bill Tyrone nicht mehr.

Wachte oder träumte er?

Die See tobte, und ein höllisches Szenario entspann sich vor seinen Augen. Er sah gen Horizont, blickte in alle Richtungen, schaute in die kochende, schäumende Dünung, als mit einem Male, ganz langsam und geisterhaft, der Buckel eines mächtigen Wales erschien.

Er war grau und dunkel und wirkte irgendwie uralt, und Tyrone kam es so vor, als befände sich das Tier nur einen Steinwurf von ihm entfernt.

Unbeirrt schwamm der Wal Seite an Seite mit dem winzigen Boot, dann tauchte plötzlich der Kopf aus den Wellen empor, und der Walfänger blickte in das riesige, starrende Auge des Tieres.

In seinem ganzen Leben war er noch keinem so durchdringenden Blick begegnet wie dem jenes runden schwarzen Auges, das ihn mitten im stärksten Orkan fixierte.

Nur für den Zeitraum eines Lidschlages verschwand der Schädel unter Wasser, dann tauchte er wieder auf und das Auge starrte erneut aus den Fluten hervor.

Tyrone richtete sich vorsichtig auf, was ihm keine Mühen mehr bereitete, wischte sich mit einer Handbewegung das nasse lange Haar aus den Augen und beugte sich vor, um besser sehen zu können.

„Sei gegrüßt, Wal", murmelte er kraftlos.

„Es ist gut, dich zu sehen. Ich war sehr lange einsam, ich weiß nicht, wie viele Tage, aber ich weiß, dass es zu lange war."

Als habe der Wal Tyrones Worte verstanden, näherte er sich majestätisch dem Boot.

Tyrone spürte neblige Schleier vor den Augen, dann erschien ihm der Wal auf einmal noch größer und beeindruckender als zuvor.

„Du bist schön, Wal." sagte der Seefahrer.

„Zum ersten Male in meinem Leben sehe ich einen Wal mit vollem Bewusstsein. Du bist der König der Meere."

Der Wal kam noch näher, und der Strom, den seine kraftvolle Schwanzflosse erzeugte, schien das Boot zum Kentern zu bringen.

„Töte mich nur, Wal. Ich habe dich oft genug getötet. Töte mich jetzt und hier, es wäre kein schlechter Tod."

Doch der Wal rammte das Boot nicht, und Tyrone erschien es, als betrachte ihn das vorher so hart blickende Auge auf einmal mit Milde.

Dann wurde es unbeschreiblich hell um ihn und die See wurde ruhig und sanft, und er hörte in der Ferne Singen.

Der Himmel riss auf, die Wolken wurden hinweg gefegt und die Luft war frisch und klar wie nach lauem Sommerregen.

Mit einem Male war auch der Wal verschwunden, die fernen Chöre verstummten, und im nächsten Moment fiel der Seemann in einen tiefen traumlosen Schlaf.

Der Wal

Als Tyrone nach langer Zeit erwachte, war ihm, als sei er ein zweites Mal geboren worden.

Er spürte keine Schmerzen und fühlte sich auch nicht mehr schwach und verzagt, vielmehr schien eine neue Kraft in ihm entstanden zu sein.

Die See war fast vollkommen ruhig und der Himmel klar und wolkenlos. Die Sonne strahlte eine Wärme ab, wie er es zu dieser Jahreszeit nicht für möglich gehalten hätte, und es war ein behagliches Gefühl, die verspannten Muskeln zu strecken und das Kitzeln der Sonnenstrahlen auf dem Gesicht zu spüren.

Ein Schluck Trinkwasser löschte seinen brennenden Durst.

Sorgfältig suchten Tyrones Augen den Horizont ab, doch sie konnten weder Land, noch ein Segel entdecken.

Ob er noch auf dem richtigen Kurs war? Die Stürme konnten ihn längst sonst wohin getrieben haben.

Doch trotz dieser Möglichkeit und seines vor Hunger schmerzenden Magens erfasste ihn eine starke Zuversicht.

„Ich komme schon an Land!" rief er laut aus.

Im selben Moment musste er an seine Begegnung mit dem Wal denken, und wusste bereits, dass er nie mehr in seinem Leben ein einziges dieser Tiere töten würde.

Er langte in eine Tasche seines Klammen Rockes und zog einen etwa faustgroßen Gegenstand hervor. Es war ein aus Walknochen kunstvoll geschnitzter Blauwal, den er nunmehr seit vielen

Jahren bei sich trug. Ein Japaner hatte ihn einst angefertigt und Tyrone verkauft, als dieser noch auf der *White Shark* gefahren war.

Für Tyrone, den Walfänger, war der kleine Wal immer ein Symbol für seine Arbeit und seinen großen Erfolg beim Fang gewesen, doch nun erschien es ihm wie Hohn, dass er das Schmuckstück noch bei sich trug.

Tyrone, den Walfänger, gab es jetzt nicht mehr.

Er übergab den kleinen Wal der See.

Zum ersten Mal seit langer Zeit verspürte Bill Tyrone eine tiefe Befriedigung, und obendrein das Gefühl, einen kleinen Teil des Ganzen verstanden zu haben.

Auf einmal war so vieles nichtig; die Rastlosigkeit, die ihn ständig

zu neuen Ufern getrieben und dabei immer weiter von sich selbst entfernt hatte, der Ehrgeiz, stets der Beste, der Stärkste, der *Männlichste* zu sein; all dies lag nun hinter ihm.

Er verspürte einen tiefen Schmerz, doch es war gut, diesen zu spüren, denn das bewies, dass er wieder fühlen konnte. So vieles bereute er nun, so vieles wünschte er ungeschehen zu machen.

Nie wieder wollte er die wahrhaftige Sicht auf die Dinge dadurch trüben, dass er trank.

Auch dieses Kapitel war nun abgeschlossen. Jahrelanger dauernder Umgang mit dem Alkohol hatten ihn höriger gemacht, als er sich es in jungen Jahren jemals hätte vorstellen können, doch solche Dinge geschahen schleichend, und dass derlei Gift nicht schmerzte, machte es um so gefährlicher.

Egal wie tief die Wunden waren, das wusste er nun, es war besser, sie gleich in ihrem wahren

Ausmaß zu betrachten und nicht durch einen trübenden Schleier.

Als er an Sarah dachte, wurde ihm klar, dass er seine Schuld dieser Frau gegenüber niemals würde wiedergutmachen können, aber dass er in jedem Falle alles daransetzen würde, es zu versuchen.

Niemals wieder würde er seine Sorgen derart verdrängen.

Der Seefahrer lehnte sich zurück und blickte in den wolkenlosen Himmel.

Zwei Tage später sah er Land.

An Land

Eine bittere Kälte rüttelte seine abgestumpften Nerven durch, und nur unter Aufbietung aller Kräfte schaffte er es, das kleine Boot, in dem er so lange ausgehalten hatte, zu verlassen und einen Fuß auf den kargen Strand zu setzen.

Geistesgegenwärtig zog er trotz seiner Erschöpfung den schweren Kahn an Land, bis sich dieser außerhalb der Reichweite des Wassers befand.

Dann sank William Tyrone zu Boden, faltete die Hände und sagte mit brüchiger Stimme: „Danke, dass ich es bis hierhin geschafft habe."

Sich nach einiger Zeit wieder aufzurichten bereitete ihm Qualen, aber er wusste, dass er noch nicht ruhen durfte, wollte er es nicht für immer tun.

An der Küste Alaskas gab es zahlreiche Bären, daher ging er zunächst zurück zum Boot, nahm das Gewehr aus dem Segeltuchfutteral und begann es umständlich zu laden. Sein Vorrat an Schießpulver war in dem Pulverhorn wie durch ein Wunder trocken geblieben; er selbst hätte allerdings nicht mehr daran geglaubt, noch einmal in die Situation zu kommen, es zu benutzen- mit Ausnahme gegen sich selbst.

Als die Waffe geladen war, nahm er die kleine Axt aus der Holzkiste, legte sich den feuchten Ölmantel um die Schultern und stapfte los. Zunächst brauchte er Feuerholz, sonst würde er vermutlich nicht einmal mehr die Nacht überleben.

Die Landschaft war karg und eintönig; wo der schwere Sand der Küste aufhörte, begann eine dürre, tundra artige Grasebene, und in der Ferne ragten die schroffen Gipfel hoher Berge empor.

Es roch nach See und Tang, doch mit jedem Schritt, den er ins Landesinnere machte, auch nach etwas anderem, und dies rührte ihn tief: Es roch nach Land, so unverkennbar und stark, wie er diesen Geruch noch niemals zuvor wahrgenommen hatte, und er hätte es nie für möglich gehalten, dass er diese Witterung einmal derart schätzen würde, wie in diesem Augenblick.

Über das, was während der Zeit in dem kleinen Boot wirklich mit ihm geschehen war, vermochte er noch nicht nachzudenken; dafür war er einfach zu schwach; aber er ahnte, wie bedeutsam es war.

Nach geraumer Zeit stieß Tyrone auf einen umgestürzten toten Baum, und kurz darauf machte er sich mit der Axt an die Arbeit.

Das Holz war feucht und hart, und den Baum mit dem kleinen Beil zu zerlegen bedeutete mühsame Arbeit, für einen Mann, der dem Tode immer noch bedeutend näher war als dem Leben erst recht.

Dennoch war Tyrones innere Kraft wiederhergestellt und auf seltsame Weise fühlte er sich stärker als jemals zuvor.

Als er soviel Holz gemacht hatte, wie er tragen konnte, trat er den Rückweg zu seinem Boot an.

Dort angekommen, nahm er zunächst die kleine Schaufel, die man ihm mitgegeben hatte, und grub in einiger Entfernung zum Wasser ein tiefes Loch.

Anschließend kramte er aus der Kiste eine Schachtel Streichhölzer und ein kleines Fläschchen Lampenöl hervor.

Mit dem Beil spaltete er einen Teil des Holzes zu winzigen Spänen auf, die er mit dem brennbaren Öl tränkte.

Nach einigen Minuten hatte er in dem Sandloch ein kleines Feuer in Gang gebracht, wenn das nasse Holz auch nur schlecht und unter großer Rauchentwicklung brannte. Als das Feuer hoch genug war, um ihn davon zu überzeugen, dass es bis zu seiner Rückkehr halten würde, machte er sich noch einmal auf den Weg.

Er zerteilte den Baum in kleine Stücke, so dass er sie einigermaßen mühelos tragen konnte, und kehrte danach zum Lager zurück.

Nachdem er diese Prozedur mehrere Male wiederholt hatte, war er sicher, dass das Holz für die Nacht ausreichen würde.

Inzwischen hatte es zu dämmern begonnen und das große prasselnde Feuer spendete seinem Körper erstmals angenehme Wärme.

Der Seefahrer zog das Boot direkt an das Feuer heran, dann richtete er sich aus Ölzeug und Decken ein Lager her, drehte den Kahn um, so dass er weitgehend Schutz vor Wind und Regen bot, kroch darunter, und war ihm nächsten Moment eingeschlafen.

Das Karibou

Einen neuen Morgen gab es immer, zumindest
hatte er dies für eines der unumstößlichen Dinge
im Leben gehalten, die zumindest solange zutra-
fen, wie man Luft in die Lunge bekam und das
Herz Blut in den übrigen Körper pumpte.
Allerdings sah Tyrone seinen Glauben an diese
Tatsache an jenem frostigen Vormittag an der
Westküste Alaskas ernsthaft ins Wanken geraten.
Der Moment des Aufwachens erschien ihm viel e-
her wie ein Erwachen in der tiefsten Hölle; jeder
Muskel schmerzte, die Fetzen, die er am Leibe
trug, waren klamm und in der kalten Morgenluft
so steif geworden, als habe man sie in einem Bot-
tich mit Stärke gebadet. Seine rechte Gesichts-
hälfte war geschwollen und fühlte sich taub an, da
er auf einer harten Unterlage geschlafen hatte, die
Ohren schmerzten, und seine Füße hielt er zunächst für abgefroren.
Unwillkürlich stieß er einen Fluch aus, bevor er
sich mühsam aufrichtete und versuchte, die Glut
erneut in ein wärmendes Feuer zu verwandeln.
Nach einigen Versuchen musste er einsehen, dass
dies keinen Sinn hatte, sondern dass er stattdessen
erneut Feuer mit dem nassen Holz machen musste.
Der kräftige Mann zitterte stark, als er die großen
Stücke mit der Axt zu feinen Spänchen aufspaltete,
und er wusste, dass es höchste Zeit war, sich wieder aufzuwärmen und sich dann endlich nach etwas Essbarem umzusehen.
An der kargen Küste ließ sich nicht viel entdecken,
daher war es dringend notwendig, dass er ein Stück
Wild aufspürte und erlegte.

Nachdem er am Feuer etwas gewärmt und reichlich Holz nachgelegt hatte, nahm er Gewehr und Beil zur Hand, schob sich sein treues Messer hinter den Gürtel und machte sich auf den Weg. Tyrone folgte seit seiner Schätzung nach mindestens einer Stunde der Fährte eines jungen Karibous.

Ihm war vollkommen klar, dass er in der nächsten Zeit erfolgreich sein musste, wollte er nicht völlige Entkräftung und baldigen Tod riskieren. Schon jetzt begann in regelmäßigen Abständen irgendein Muskel seines Körpers schmerzhaft zu krampfen, und bald würde es so schlimm sein, dass es unmöglich wäre, sich noch weiter zu bewegen.

Es war bereits jetzt schon ziemlich kalt, aber wenn die Temperaturen erst unter den Gefrierpunkt sanken, konnte man im Freien kaum überleben.

Der Seefahrer wusste auch, dass fünfzig Grad unter Null im Winter für diese Gegend keine Seltenheit waren. Daher spornte er sich ständig zu mehr Eile an, mahnte sich aber auch zu großer Sorgfalt und Geräuschlosigkeit bei der Pirsch.

Die Gegend, in die er nun kam, war spärlich bewaldet, und er erklomm einen kleinen Hügel, um sich einen Überblick zu verschaffen. Plötzlich hielt er inne. Bei einer Baumgruppe, keine dreihundert Yards von ihm entfernt, äste das Karibou, dessen Fährte er gefolgt war.

Es war ein starkes männliches Tier, und Tyrone ging sofort auf die Knie, um sich keinesfalls zu verraten. Ihm war klar, dass es keine Möglichkeit gab, näher an das Stück Wild heranzukommen, ohne das enormes Risiko einzugehen, dass es ihn bemerkte.

In einem solchen Falle aber wäre die Jagd umsonst gewesen, und er brauchte so bald wie möglich Fleisch.

Also entschloss er sich kurzerhand, einen Schuss auf diese Entfernung zu wagen. Normalerweise stellte dies für einen geübten Jäger kein großes Problem dar, doch Tyrone hatte schon lange mit keinem Gewehr mehr geschossen, und mit diesem war er nicht vertraut. Hinzu kam, dass er nicht wusste, ob die Waffe überhaupt eingeschossen war oder wohin sie schoss. Schließlich konnte auch das Pulver durch die permanente Feuchtigkeit gelitten haben und die Ladung daher schwächer sein als im Normalfall.

Wie dem auch sei, dachte er sich, darüber nachzugrübeln war jetzt nicht der richtige Zeitpunkt. Der Seemann legte sich also flach auf den Boden, zog seine Fellmütze ab und brachte das Gewehr an die Schulter. Mit dem linken Ellbogen stützte er sich auf und spannte langsam und ohne viel Lärm den Hahn der Büchse.

Das Tier stand breit zu ihm und äste, ohne von seiner Gegenwart zu ahnen. Obwohl Tyrone nervenstark war, musste er unwillkürlich daran denken, wie viel von dem Schuss abhing. Er musste einfach treffen. Ruhig ging er ins Visier, hielt ein klein wenig hoch an und drückte ab.

Mit ohrenbetäubendem Krachen entlud sich die Büchse und der Schaft schlug gegen seine Schulter. Doch bereits im selben Augenblick glätteten sich des Seefahrers angespannte Züge, denn das Tier brach wie vom Donner gerührt zusammen.

Als er das Karibou dann geborgen, ausgeweidet, in mehrere grobe Stücke zerteilt und diese anschließend eines nach dem anderen zu seinem Lager geschleift hatte, fühlte sich der Gestrandete beinahe wie tot.

Ihm war, als habe man ihn alle erdenklichen Qualen erleiden lassen, ihm aber dennoch verwehrt, den leichteren Weg ins Jenseits zu wählen, sondern ihn stattdessen zum Weiterkämpfen gezwungen, bis die letzte Kraft aufgebraucht war.

Für einen Moment ruhte sich Tyrone aus, dann brachte er das beinahe heruntergebrannte Feuer wieder in Gang, trennte ein großes Stück Fleisch aus der Keule des Tieres heraus und befestigte es am Ladestock des Gewehres, den er darauf über das Feuer hielt.

Der Geschmack des frischen gebratenen Fleisches stellte den kulinarischen Höhepunkt in Tyrones bisherigem Leben dar.

Er aß gierig, schlang wie ein Tier, und erst nach geraumer Zeit war er in der Lage, langsamer und vorsichtiger zu essen. Denn obwohl er allerlei riskierte, warf er alle Zurückhaltung über Bord, denn an menschliche Vernunft war in einem solchen Moment kaum noch zu denken.

Nach dem Essen wickelte er das übrige Wildbret in Segeltuch ein und verstaute es unter dem Boot.

Es kostete ihn große Überwindung, nach dem Erfolg des Tages noch einmal an die Arbeit zu gehen, doch er kannte die Risiken des Hohen Nordens und wusste, dass er schnellstmöglich einen besseren Unterschlupf benötigte.

So bewaffnete er sich also mit Büchse und Beil und zog erneut aus, das Landesinnere zu erkunden.

Der Unterschlupf

Diesmal schlug er eine andere Richtung ein, in der er bewaldetere Gegenden vermutete, und nach nicht allzu langem Marsch stieß er tatsächlich auf ein Wäldchen von Birken und Kiefern.

Geduldig begann der Seemann, alle Äste abzuhacken, die er mit der Axt erreichen konnte. Als er einen großen Haufen zusammengetragen hatte, band er sämtliche Äste mit einem Strick zusammen, so dass sie ein handliches Bündel ergaben, das er bequem auf den Schultern tragen konnte.

Auf dem Rückweg beeilte er sich, um noch genügend Zeit für die weiteren Aufgaben zu haben, die nun vor ihm lagen.

In seinem Lager sortierte er das Holz nach Länge, Stärke und Beschaffenheit; dickere Äste wurden zu Stützen, die er rings um sein inzwischen vergrößertes Erdloch in den Boden rammte und in etwa fünf Fuß Höhe miteinander verstrebte, so dass sie ein spitzes Dach ergaben.

Mit den Ästen, die ein dichtes Geflecht grüner Nadeln besaßen, verkleidete er anschließend das Gerüst.

Das Resultat war zwar keineswegs zufrieden stellend, und es würde wohl noch vielmehr dieses Materials bedürfen, bis der Unterschlupf ausreichend Windschutz böte, doch Tyrone beschloss, es für den Rest des Tages gut sein zu lassen und erstmal ein Stück des zerfetzten Segels um die Streben zu spannen.

Als alles ausreichend mit Tauwerk vor den starken Böen gesichert war, kroch er in seine kleine Hütte und setzte sich ans Feuer.

Der Rauch konnte problemlos abziehen, er musste allerdings aufpassen, dass er sich nicht während des Schlafens verbrannte, da er dem Feuer sehr nahe war.

Diese Aussicht konnte allerdings einen Mann, der kurz zuvor noch in einer Nussschale auf der eisigen Beringsee getrieben hatte, kaum beunruhigen, und tief befriedigt schlief Bill Tyrone ein.

Die Nacht in der Hütte war die Angenehmste, an die er sich entsinnen konnte, und als er des Morgens erwachte, war noch Glut in der Feuerstelle, und eine wohlige Wärme durchdrang seinen Körper.

Nur wer große Entbehrungen erfahren hat, kann die Freude nachempfinden, die bereits kleine Dinge wie eine warme Schlafstätte und ein Dach über dem Kopfe bereiten können.

In jenen Augenblicken glaubte Tyrone mit einer Kraft, die an Gewissheit grenzte, dass er auch die letzte Etappe seiner Odyssee
überstehen werde.

Er würde nach Louisiana zurückkehren, ins warme Louisiana, und dort zwei Dinge tun: Zuerst Sarah aufsuchen, sein geliebtes Weib, und sie für seine Fehler um Verzeihung bitten.

Anschließend würde er Conway auf dessen Landsitz einen Besuch abstatten und Rache nehmen.

Du wirst bezahlen, teuflischer Kapitän!

Zum Frühstück briet sich Tyrone ein großes Stück Karibufleisch, anschließend sammelte er Feuerholz und Äste für seine Unterkunft. Am Abend war seine Hütte gegen Wind und Sprühregen gut abgedichtet, außerdem spannte er das restliche Stück Segel als zusätzlichen Windschutz auf.

Im Innern der inzwischen gut beheizten Hütte reinigte er säuberlich das Fell des Karibous, so wie er es von den Indianern Kanadas gelernt hatte. Es gab zwar in seiner Situation keine Möglichkeit, es vollständig zu gerben, doch bei den draußen herrschenden Temperaturen konnte es ihm durchaus einige Wochen lang Wärme spenden, ohne ihn durch den unangenehmen Fäulnisprozess zu belästigen.

Der Seemann breitete das Fell auf dem Boden aus, legte sich darauf und deckte sich mit den inzwischen getrockneten Schiffsdecken und seinem Ölmantel zu. Draußen dunkelte es.

Das prasselnde Feuer warf einen warmen Lichtschein auf die Wände der Hütte und die Gegenstände, die daran lehnten: Tyrones Gewehr, die Schaufel, das kleine Beil und die Kiste mit den wichtigen Utensilien.

Fast verspürte der raue Mann ein heimisches Gefühl, doch er zwang sich, es zu unterdrücken und stattdessen der Realität ins Auge zu sehen: Auf See, an Bord des kleinen Bootes, war die Gefahr allgegenwärtig gewesen, jederzeit sichtbar. Hier, in der kleinen Hütte am Lagerfeuer, war sie nur latent vorhanden, und daher umso größer: Obwohl der Gedanke, nach den Strapazen einfach hier zu bleiben und auf den nächsten Sommer zu warten sehr verlockend war, sagte ihm sein Verstand, dass er den Winter in einer solch erbärmlichen Hütte am Strand unmöglich überleben konnte.

Die Temperaturen sanken hier leicht bis auf fünfzig Grad Kälte, und jede stärkere Bö konnte sein Häuschen einfach hinwegfegen, ohne dass er imstande wäre, etwas dagegen zu tun.

Ohne ein Blockhaus, solide konstruiert und gut isoliert, ließ sich in dieser Gegend unmöglich überwintern; ein solches aber zu bauen, dafür fehlte Tyrone jedwede Erfahrung und vor allem die Zeit.

In drei Wochen schon konnte der Winter hereinbrechen: In dichten Strähnen, für das Auge undurchdringlich wie eine Wand, würde der Schnee fallen, die Flüsse begännen zuzufrieren, und dann schließlich sogar das Beringmeer.

Was er zunächst brauchte war ein guter Plan. Zuerst hatte er überlegt, mit dem Boot die Küste entlang nach Süden zu fahren, doch es war gut möglich, dass ihn der Frost überraschen würde. Zudem bestand das Segel nur noch aus Fetzen und wäre schwer zu reparieren mit der mangelhaften Ausrüstung, die er besaß.

Der Hauptgrund aber, der Tyrone dazu bewog, den Gedanken an eine solche Fahrt fallen zu lassen, war die Tatsache, dass es ihm einen Schauer über den Rücken jagte, noch einmal in einem solchen Boot den herbstlichen Stürmen der Beringsee trotzen zu müssen.

Als er auf dem Kariboufell lag, den Kopf auf ein Stück Segel gebettet und die Beine angewinkelt, begann sich vor seinem inneren Auge ein Plan zu entwickeln: Er würde die Küste entlang nach Süden wandern, in der Hoffnung auf eine Siedlung der Inuit zu stoßen.

Auf diesem Wege konnte er sich nur schwerlich verlaufen, und es war keine genaue Bestimmung der Himmelsrichtungen, kein Peilen notwendig. Er wusste auch, dass die Inuit ihre Siedlungen meist entlang der Küstenlinie errichteten, um leichter von der Hauptader ihres sozialen und wirtschaftlichen Lebens, der See, profitieren zu können. Sie gingen auf Walfang und Robbenjagd, warfen ihre Netze aus, und besuchten Freunde und Verwandte in den benachbarten Dörfern.

Wenn Tyrone eine solche Siedlung erreichen konnte, dann gab es mit Sicherheit eine Möglichkeit für ihn, den Winter zu überstehen, eventuell sogar die Aussicht auf eine Weiterreise nach Süden.

Die Inuit waren seine einzige reelle Chance.

Während er grübelte, wurden seine Lider schwer wie Blei, denn Qualen, wie er sie hinter sich hatte, ließen sich nicht mit einem einzigen Nachtschlaf kurieren.

Nach kurzer Zeit befand er sich in jenem Übergangsstadium, das man Halbschlaf nennt, ein seltsames Hinwegdämmern, möglicherweise vergleichbar mit dem nahenden Tode.

Auf einmal ließ ihn ein lang gezogener, durchdringender Laut hellwach emporschnellen. Blitzschnell zog er das Messer hervor, mit einem Satz erreichte er das Gewehr an der Wand.

Tyrone hielt inne, das Herz hämmerte in seiner Brust, als wolle es zerspringen, und beide Hände umschlossen fest das kalte Metall des Gewehres.

Wie gebannt hockte er in der Hütte und horchte hinaus in die Dunkelheit.

Nichts. Sollte er sich getäuscht haben? Hatten ihm seine überreizten Nerven einen Streich gespielt? Vorsichtig schob er die Segelplane zur Seite und starrte in die sternenklare Nacht.

Da war es wieder: Ein Geräusch, das einem einzelnen Mann in diesen Breiten das Blut in den Adern gefrieren ließ.

Schnell überprüfte er, ob die Waffe geladen war, sah nach dem Zündhütchen, und ersetzte es dann gegen ein neues, um nichts zu riskieren.

Das lang gezogene Heulen kehrte wieder, und er war sich sicher, dass es sich nicht nur um einen Wolf handelte.

Noch war es sehr weit entfernt, doch das Geräusch kam stetig näher, und Tyrone ahnte, dass die Tiere seine Witterung aufgenommen hatten.

In vielerlei Literatur steht geschrieben, dass ein gesunder Wolf niemals einen Menschen angreift, doch Tyrone hatte in den wenigen Jahren, die er im Nordwesten Kanadas verbracht hatte, bereits genügend andere Geschichten gehört.

Zwar hatte auch er die Erfahrung gemacht, dass Wölfe dem Menschen lieber aus dem Wege gingen, doch in eisiger Nacht am abgelegensten Winkel der Erde konnten schon sehr seltsame Dinge geschehen.

Zumindest wurde der Aberglaube in solchen Momenten mächtiger als die kühle Vernunft.

Einmal war der Seemann einem Pelzjäger begegnet, der ihm am Lagerfeuer erzählt hatte, dass er von einem ausgehungerten Wolfsrudel beinahe zerfleischt worden wäre. Seine Rettung war die

Tatsache gewesen, dass er zwei Revolver am Gürtel getragen hatte.

Damals hatte Tyrone den Mann für verrückt erklärt, doch nun musste er wieder an dessen seltsame Geschichte denken.

Hinzu kam, dass das Fleisch des Karibous in der Hütte lagerte und dass dieser Geruch ein Wolfsrudel magnetisch anziehen musste.

Selbst wenn die Tiere es nicht wagen sollten, ihn selbst anzugreifen, so wäre es von nun an unmöglich, sich länger von der Hütte zu entfernen, etwa um Feuerholz zu sammeln.

Wieder erklang das mehrstimmige Heulen, diesmal erschreckend nahe, und Tyrone spannte den Hahn der Büchse.

Er konnte kaum die Hand vor Augen sehen, doch bald hörte er die gedämpften Tritte der Wölfe in seiner Nähe.

Ein paar Mal hatte er das Gefühl, dass sie kaum ein paar Fuß entfernt seien, und in diesen Momenten fürchtete er, vor Anspannung einfach den Abzug durchreißen und ins nächtliche Dunkel feuern zu müssen. Eine innere Stimme sagte ihm jedoch, dass die Tiere durch das Lagerfeuer abgeschreckt würden und es wenig Sinn mache, wertvolles Pulver zu vergeuden.

In dieser Nacht tat Tyrone kein Auge zu, und die Stunden schienen sich ins Endlose zu ziehen, bis endlich das erste Grau am Horizont den kommenden Tag ankündigte.

Vollkommen geschwächt und überreizt beschloss der Seefahrer im Morgengrauen, seinen Plan noch am selben Tage in die Tat umzusetzen.

Noch länger an diesem elenden Ort auszuharren hatte ja doch keinen Sinn; vielleicht war es auch ganz gut, dass ihn die unerwarteten Umstände nun zum Aufbruch zwangen.

Von den Wölfen war weit und breit nichts zu sehen, aber die Spuren im nassen Sand sprachen eine allzu deutliche Sprache: Manche Tiere waren tatsächlich bis auf Armlänge an seine Hütte herangekommen, und Tyrone war erleichtert, dass er nicht die Nerven verloren hatte.

Zwei Stunden später war er zum Abmarsch bereit. Aus dem Segel hatte er sich einen primitiven Rucksack abgefertigt, in dem er etwa die Hälfte des Fleisches, die Decken sowie alle notwendigen Utensilien verstaute.

In das Kariboufell schnitt er Löcher für Kopf und Arme, sodass er es bequem tragen konnte. Darüber zog er den weiten Ölmantel, um gegen die Feuchtigkeit geschützt zu sein.

Den Rest des Fleisches ließ er in der Hütte, deren Eingang er mit Ästen verbarrikadierte, um es den Wölfen schwerer zu machen.

Insgeheim hoffte er, dass sie sich damit zufriedengaben und ihm nicht folgten.

Die See war stürmisch und aufgewühlt, aber der Himmel verriet kein Zeichen von schlechtem Wetter, und Tyrone machte sich auf den Weg.

Als er an dem Boot vorbeikam, in dem er so heftige Stürme abgeritten hatte, blieb er noch einmal kurz stehen und legte wie zum Dank die Hand auf das nasse Holz.

Dann ging er weiter, ohne sich noch einmal umzudrehen.

Durch die Wildnis

Die Dämmerung brach herein, und ein wildes tosendes Grollen war am Horizont zu vernehmen.
Tyrone wusste, dass es von der See kam, und war umso dankbarer, an Land zu sein.
Auch wenn es windig war und die Kälte an ihm nagte, so war es immer noch besser als jetzt draußen auf See zu sein, egal ob in einem Ruderboot oder an Bord eines Dreimasters.
Mit jedem Schritt wurden Rucksack und Büchse schwerer, doch der Seemann schritt voran, denn er wusste, dass er nun wieder die Chance bekam, sein Schicksal selbst in die Hand zu nehmen.
Auf See war er ein Spielball der Natur gewesen, unfähig, irgendetwas zu tun, was seine Situation hätte verändern können, doch jetzt lag es wieder an ihm. Jetzt konnte er es schaffen.
Die See wurde stürmischer, die Wellen, die am dunklen Sand des Strandes leckten, mit jeder Minute höher.
Nach einiger Zeit endeten die Sandstrände, und es folgten Meilen und Meilen von steinigem Boden, der Tyrone das Vorankommen erschwerte.
Zuerst waren es kleine, runde Steine, in Jahrmillionen von der See glattgeschliffen wie polierter Marmor, dann kamen größere Felsbrocken und schließlich eine Landschaft von schroffen Klippen, von denen manche so groß waren wie ein Haus.
Gelegentlich musste Tyrone klettern, um diese Hindernisse zu überwinden, denn er wollte auf keinen Fall zeitraubende Umwege wählen. Doch

diese Manöver kosteten viel Kraft, und bald schon klebten ihm die schweren Kleider am Leibe.

Nicht ein Tier sah er, keine Krabbe, keinen Hasen, nicht einmal einen Seevogel. Die Landschaft schien wie ausgestorben.

Ohne Zweifel war es eine lebensfeindliche Gegend, im Sommer schon unwirtlich und hart, im Winter jedoch eine Eiswüste, die nichts zu dulden schien, was warmes Blut in den Adern hatte.

Dennoch gab es selbst hier allerhand Leben, wie Tyrone wusste, und was ihm einmal mehr die wunderbare Kraft der Natur bewies.

Nie mehr würde er sinnlos töten, dachte der Seemann.

Doch was war mit Conway?

Diese Frage darfst du dir nicht stellen, Bill Tyrone. Schließlich hat er den Tod mehr verdienst als sonst irgendjemand.

Er hat ihn verdient, und du wirst Richter und Racheengel sein.

Halte dich jetzt nicht damit auf, Tyrone, denn auch Denken verbraucht Energie.

Nur weiter vorwärts, mit jedem Schritt wärmeren Gefilden entgegen. Wie weit mochte es wohl von hier bis nach Frisco sein? Zweitausend Meilen? Möglicherweise mehr?

Und was nützte es überhaupt, nach San Francisco zu kommen? Die *Whale* war gewiss schon sonst wo. Hatte Lloyd nicht etwas von transatlantischer Frachtschifffahrt gefaselt?

Sie würde nach dem Löschen der Ladung sicherlich direkt nach Süden weiterfahren, um Kap Hoorn herum und dann nach New York, New Bedford oder zu einem anderen großen Hafen der Ostküste.

Die Tage des Walfanges waren nun einmal gezählt, daran gab es nichts zu rütteln.

Außerdem, was nützte ihm die *Whale*? Gegen die Mannschaft hegte er keinen Groll, sie hatten im Rausch gehandelt und waren bestochen worden. Das konnte selbst den besten Mann zu schlimmsten Taten bewegen.

Carter Lloyd, dieser schmierige Steuermann und Miteigentümer, war ihm eigentlich vollkommen egal. Es ging Tyrone nur um Conway. Sein Hass galt nur diesem einen Mann, ihn wollte er vernichten, so wie es der andere mit ihm selbst vorgehabt hatte.

Dazu brauchte er nur Conways Spur nach Louisiana zu folgen, und die würde er schon entdecken.

Also wozu dann überhaupt erst nach San Francisco?

Auf der anderen Seite musste er vollkommen sichergehen: Wenn Conway nun doch nicht von Bord gegangen war? Wenn er stattdessen doch mit seinem alten Freund nach New York weitersegelte? Die Antworten auf all diese Fragen konnte er nur an einem Ort bekommen: In Frisco.

Seine Entscheidung war nun endgültig, doch als er einen Moment später den abstrakten Raum seiner weit schweifenden Gedanken verließ und in die Trübheit und Kälte der Realität zurückkehrte, ließ ihn die Ungeheuerlichkeit seines Vorhabens doch ein wenig zweifeln.

Um sein Nachtlager nach dem anstrengenden ersten Tage zu Fuß zu errichten, marschierte Tyrone ein paar hundert Yards von der Küste fort ins Landesinnere.

In der Nähe eines kleinen Rinnsals, das seinen Ur-
sprung in den Hügeln zu haben schien, machte er
Rast, sammelte Feuerholz und breitete Mantel,
Fell und Decken auf dem steinigen Boden aus.
Als das Feuer brannte, sah er sich die Umgebung
ein wenig genauer an.

Überleben

Er war gerade im Begriff, mit seinem rostigen Kochtopf Wasser aus dem Bach zu holen, als er erstarrte: Schon wieder war das Heulen von Wölfen in der Ferne zu vernehmen, und nach kurzer Zeit des Lauschens konnte er eindeutig bestimmen, dass das Geräusch näherkam.

Also hatte seine kleine Finte keinen Erfolg gehabt. Die Wölfe ließen sich nicht mit dem zurückgelassenen Fleisch zufrieden stellen. Sie waren hinter ihm her.

Ohne Zweifel mussten sie seiner Fährte von Anfang an gefolgt sein, den ganzen Tag über, geduldig die Dunkelheit abwartend.

Hier hatte er keine Hütte, die einen gewissen Schutz bot, und es gab auch keinen Baum weit und breit. Hinzu kam, dass es bereits dunkelte, und Tyrone hielt es nicht für ratsam, sich jetzt noch weiter vom Lager zu entfernen.

Daher beschloss er, das Feuer so groß wie möglich zu machen, und sammelte noch schnell alles Holz in der näheren Umgebung.

Dann setzte er sich ans Feuer, das Gewehr auf den Knien, das Beil und sein scharfes Messer im Gürtel.

Nun gut, sollten sie doch kommen und ihn holen! Er war in seinem Leben noch keinem Kampf ausgewichen.

Es war bereits dunkel, als der Seefahrer ein Stück gebratenes Fleisch aß und dazu warmes Wasser trank, und die Wölfe waren stetig nähergekommen.

Diesmal verdeckten die dunklen Wolken den Sternenhimmel, und er konnte kaum etwas sehen, aber mehr als zwei- oder dreihundert Yards konnten ihn nun nicht mehr von den Wölfen trennen.

Trotz der zuverlässigen Waffen befürchtete er, einem Angriff des gesamten Rudels nicht standhalten zu können.

In der nächsten Stunde zog von der See her noch ein dichter Nebel auf, der die Umgebung in eine Waschküche zu verwandeln schien.

An Schlaf war während dieser Nacht nicht zu denken, zumal das Rudel permanent das Lager des Seefahrers umkreiste.

Die Kreise schienen immer enger zu werden, und als die Wölfe schon so nahe waren, dass er sie ihre schattenhaften Umrisse vorbeihuschen sah und ihren Atem riechen konnte, rechnete er jeden Moment mit dem Schlimmsten.

Doch dann entfernten sie sich wieder und vergrößerten ihre Kreise wieder, um sich nach einiger Zeit erneut bis auf kürzeste Distanz zu nähern. Sie spielten mit ihm. Sie wollten austarieren, wie weit sie gehen konnten, ihn mürbe machen, ihn vielleicht zu irgendeiner Handlung herausfordern.

Tatsächlich lagen Tyrones Nerven bald blank, und er wünschte sich, dass sie endlich angriffen.

Als die erste zarte Röte des Morgens schließlich das Grau ablöste, ergriff ihn eine wilde Wut auf die Tiere, und er hob das Gewehr, in der Hoffnung, irgendein Ziel ausmachen zu können, doch die Wölfe waren so klug gewesen, vor Anbruch des Tages das Feld zu räumen.

Als der Tag gekommen war, und die Sonne ihre schwachen Strahlen auf das Häuflein Mensch namens Bill Tyrone ausgesandt hatte, brach dieser sein Lager nach einem raschen Frühstück ab.

Der Wille trieb ihn weiter und weiter, von steinigen Ufern bis zu schroffen Klippen von kalkweißer Farbe.

Nun wurde es für ihn unmöglich, entlang der Küste voranzukommen. Das Klettern war zu mühselig, und er gab es nach kurzer Zeit auf.

So schlug er einen Weg ins Landesinnere ein und versuchte sich grob am Verlauf der Küstenlinie zu orientieren.

Die Landschaft, die er nun durchquerte, war noch bei weitem karger und spärlicher bewachsen, nicht einen einzigen Baum konnte er entdecken, nur ein paar vereinzelte Sträucher, die sich verzweifelt vor den starken Windböen zu ducken schienen.

Soweit Tyrone erkennen konnte, war keine der kümmerlichen Pflanzen essbar, wenngleich er auf diesem Gebiet auch nicht bewandert war. Es zeigte sich auch kein Tier; fast konnte er glauben, das einzige Lebewesen auf dieser Welt zu sein.

Übermäßig gut zu Fuß war der Seefahrer Bill Tyrone niemals gewesen, und bald schmerzen Beine und Rücken so sehr, dass er vorzeitig sein Lager aufschlagen musste.

In der kommenden Nacht heulten die Wölfe in der Ferne, und er fand trotz seiner Erschöpfung kaum Schlaf. So ging es Tag für Tag, über eine Woche lang.

Danach war Tyrone am Boden zerstört. Er verbrachte zwei Tage und Nächte damit, sich auszuruhen und seine zerschundenen Füße zu kurieren, doch es ging ihm danach nicht wirklich besser.

Seiner groben Schätzung nach hatte er etwa zweihundertfünfzig Meilen zurückgelegt, ohne jedoch die Wölfe loswerden zu können. Es ließ sich zwar nicht sagen, ob es sich immer noch um dasselbe Rudel handelte, oder ob es längst ein anderes war, das ihn verfolgte, doch es spielte auch keine Rolle. Die Tiere schienen seine Schwäche zu wittern und geduldig abzuwarten, bis er keine Gegenwehr mehr leisten konnte. Vermutlich ging ihre Taktik noch auf, dachte der Seemann bitter.

Sie waren zwar nicht mehr so dreist wie in den ersten beiden Nächten, doch das lag vermutlich bloß daran, dass sie nun genau wussten, dass er ihnen nicht entwischen konnte. Sie jagten ihn wie ein verwundetes Tier. Wenn sie sich doch nur einmal bei Tageslicht zeigten. Dann würde er dem Leitwolf schon eine Kugel verpassen. Aber diese Tiere waren zu schlau, um ihm eine Chance zu geben.

Selbst wenn er wirklich so weit vorangekommen war, wie er schätzte, was bedeutete das schon in einem Land von derartiger Weite? Wann würde er endlich auf eine menschliche Siedlung stoßen? Obwohl er stets sorgsam nach allen Richtungen Ausschau gehalten hatte, so war es doch gut möglich, dass er an irgendeinem Dorf vorbeigekommen war, ohne sich dessen bewusst zu sein. Hinter jedem Höhenrücken könnte sich eine ganze Stadt verbergen, ohne dass er sie entdeckte. Diese Vorstellung ermutigte ihn nicht gerade.

Dieses verfluchte Festland, dachte er. Auf See konnte man bis zum Horizont blicken, wenn nicht gerade schlechtes Wetter herrschte, doch hier nützte selbst das beste Fernrohr nichts.

Dass der Winter mit jedem Tag näher rückte, hätte selbst ein Blinder zu erkennen vermocht. Die kleinen Quellen, auf die Tyrone gelegentlich stieß, waren immer häufiger von einer dünnen Eisschicht bedeckt. Zum Ende der Woche hin fiel bereits der erste Schnee.

Tyrone zog seine Konsequenzen und marschierte augenblicklich weiter. Es fiel ihm schwer, den passenden Laufrhythmus zu finden, und abends schmerzten ihn Verspannungen an Armen und Beinen, Blasen an den Füßen und von der kalten Luft entzündete Augen.

In den folgenden Tagen tauchten wieder vereinzelt Bäume auf, und es wurden immer mehr, bis er sich in einem dicht bewaldeten Gebiet befand. Das war in der Hinsicht vorteilhaft, dass er nun wieder auf die Jagd gehen und seine knapp werdenden Fleischvorräte aufzustocken versuchen konnte, hatte allerdings den Nachteil, dass er im urwaldähnlichen Unterholz erheblich langsamer vorankam. Die Wälder erstreckten sich, so weit das Auge reichte, und es war unmöglich sie zu umgehen, wenn er sich nicht zu weit von der Küste entfernen wollte.

Konfrontation

An einem klirrend kalten Morgen schlug er sein Lager in der Nähe des Strandes auf und begab sich auf die Pirsch. Als er den Boden in der Umgebung nach Fährten absuchte, sah er hinter einer Hügelkette etwas, das sein Herz höherschlagen ließ: Ganz ohne Zweifel handelte es sich um den Rauch eines Feuers.

Er reagierte schnell: Im Dauerlauf folgte er seinen Spuren zurück zum Lager, um die Ausrüstung zu holen.

Schwer atmend errichte er die Baumgruppe, hinter der sich der Lagerplatz befand, doch ein Geräusch ließ ihn mit einem Male erstarren: Blitzartig nahm er das Gewehr von der Schulter. Wieder erklang das seltsame Bellen, dann vernahm er ein Heulen und Knurren, das keine andere Möglichkeit zuließ. Ohne zu zögern rannte er los, und als er die Bäume umrundet hatte, sah er, was geschehen war: Ein Rudel Wölfe hatte sein Camp umzingelt, das schwach brennende Lagerfeuer schien sie kaum zu beeindrucken.

Zwei besonders starke Tiere, scheinbar der Leitwolf und sein Stellvertreter, machten sich bereits an seinem Rucksack zu schaffen und begannen sich um das Wildbret zu streiten. Tyrone blieb regungslos stehen. Die Wölfe hatten ihn noch nicht bemerkt, schließlich kam der Wind von der See her und stand ihm ins Gesicht. Die Raubtiere wirkten imposant und ihr Fell war beinahe weiß, doch es fiel ihm auf, wie abgehungert sie aussahen.

Nun zweifelte er nicht mehr daran, dass es sich um ein und dasselbe Rudel handelte, das ihn bereits in der ersten Nacht umkreist hatte, und er konnte ihre Hartnäckigkeit nachvollziehen.

Es handelte sich um mehr als ein Dutzend ausgewachsene Wölfe, und Tyrone konnte nur einmal schießen, bevor er umständlich nachladen musste. Sobald er also den ersten Schuss abgegeben haben würde, musste er damit rechnen, dass ihn die Tiere angriffen, und in diesem Falle würde er zwangsläufig den Kürzeren ziehen.

Andererseits konnte er unmöglich zulassen, dass die Wölfe sein restliches Fleisch fraßen und seine Überlebenschancen damit beträchtlich verringerten.

Das Schicksal nahm ihm die Entscheidung ab: Obwohl er keinen Wind von Tyrone bekommen haben konnte und dieser regungslos verharrte, wandte der Leitwolf plötzlich unvermittelt den Kopf und starrte den Menschen an.

Tyrone blieb so unbeweglich wie eine Statue, doch der Wolf fletschte seine beachtlichen Zähne und knurrte bösartig. Die Blicke der übrigen Tiere folgten dem seinen, und sie alle schienen den Menschen im selben Moment zu erspähen. Mit langsamen und gleichmäßigen Bewegungen näherten sie sich ihm, und als sich der Mann keinen Zoll bewegte, kamen sie schneller auf ihn zu, als er erwartet hätte.

Der Seefahrer reagierte, indem er die Büchse an die Schulter hob und auf die Brust des Leitwolfes zielte. Und obwohl diese Tiere vermutlich noch nie einem Menschen begegnet waren, schienen sie um die Bedeutung der Waffe zu wissen und verharrten nun ihrerseits regungslos.

„Ich will dich nicht töten, Wolf." Sagte Tyrone laut. Kimme und Korn lagen genau in einer Flucht und zielten auf das Herz des Leittieres, der Zeigefinger lag am Abzug.

„Bleib wo du bist." Sagte er ruhig und beinahe hypnotisch, dabei blickte er dem Leitwolf direkt in die grauen Augen.

„Ich will dich nicht töten, das weißt du. Deine Freunde können mich zerreißen, aber du bist vorher dran, Wolf." Tyrones Stimme wirkte so gelassen, dass es ihn selbst überraschte, und irgendwie schienen die Tiere ihn zu verstehen.

Nach einem langen Blickwechsel zwischen dem kapitalen Leitwolf und dem gestrandeten Seefahrer senkte der erstere den Blick und trottete gemächlich in Richtung Wald davon, gefolgt von seinem Rudel.

Als die Tiere außer Sicht waren, wagte Tyrone zum ersten Male wieder durchzuatmen, und nachdem er das Gewehr von der Schulter genommen hatte, wischte er sich den kalten Schweiß von der Stirn. Seine Knie zitterten und jeder Muskel schmerzte vor Anspannung.

Langsam ging er auf seine Sachen zu, und gerade, als er sich über den Rucksack beugte, vernahm er hinter sich im Wald ein deutliches Knacken. Er fuhr herum, das Gewehr in den Händen. Waren die Wölfe zurückgekehrt?

Was er aber im nächsten Augenblick zu sehen bekam, verschlug ihm jedoch völlig den Atem: Zwischen den Bäumen stand, kaum drei Fuß hoch und in dicke Felle gewickelt, ein Menschenkind.

Es lächelte ihn so warm und unvermittelt an, dass Tyrone ohne zu zögern die Waffe senkte und beiseitelegte.

Nach all der Zeit, Tagen, Wochen auf eisiger, sturmgepeitschter See und in völliger Isolation an der Küste dieses öden, kargen Landes war dieses Kind das erste menschliche Wesen, das William Tyrone der Seefahrer zu sehen bekam, und dieser Anblick trieb ihm die Tränen in die Augen.

Er konnte sich nicht entsinnen, wann er das letzte Mal geweint hatte, doch es war lange her gewesen, vielleicht zu lange.

Als er weitere Personen erblickte, die hinter dem Kind aus dem Dunkel des Waldes traten, war dies durch einen Schleier von Tränen, und er war dankbar dafür.

Bei den Inuit

Im Innern der Inuit-Hütte war es warm und behaglich und Tyrone räkelte sich dankbar auf dem dichten Wolfsfell am Boden. Es war die erste richtige Wärme, die er seit Wochen verspürte, und bis vor wenigen Stunden hatten seine Knochen so geschmerzt, als berste all das Eis in ihnen, das sie umschlossen hatte.

Der großzügige Kamin prasselte und der Seefahrer sah in die Glut. Doch bald verschwamm das Bild vor seinen Augen und er blickte in weite Fernen. Für einen kurzen Augenblick sah er die *Whale*, die Männer der Mannschaft und den verräterischen Kapitän, doch dann erschienen andere Bilder, sein altes Schiff, die Höllenhunde, mit denen er auf Fahrt gewesen war, stürmische Seen und ferne Küsten, tropische und eisige Meere, sonderbare Wesen und Traumgestalten, Trugbilder und wahre Begebenheiten.

Und immer wieder sah er sie. Sie trug dieses einfache leinene Sommerkleid und ihr Haar war offen. Er rief nach ihr, doch sie hörte nicht, er suchte sie zu erreichen, doch sie blieb unerreichbar. Verzweifelt fiel er auf die Knie und raufte sich das Haar, doch nichts geschah.

Im nächsten Moment spürte er eine kühle Hand auf seiner Stirn, hörte eine fremde, beruhigende Stimme. Langsam öffnete Tyrone die Augen. Eine alte Frau stand über ihn gebeugt und machte ein besorgtes Gesicht. Er versuchte schwach zu lächeln, dann...

Winde und Böen, beißende Kälte, eisige Ströme, die ihn mitreißen, hinfort in immer tiefere

Schlünde. Er ist nun tief unter der Erde, Hunderte Meilen, in einer Höhle unvorstellbaren Ausmaßes, und der Strom treibt ihn weiter, immer tiefer in das Erdinnere.

Manchmal treibt er an kleinen Inseln vorbei, nicht größer als eine Seemannstruhe, doch er kann sich an keiner festhalten, denn der Boden ist glitschig.

Manchmal erblickt er auch so etwas wie Festland, und er sieht den schwachen Schein eines Lagerfeuers und kauernde Gestalten drum herum, doch es reißt ihn immer weiter in die Tiefe.

Endlos scheint dieser Ritt durch die Finsternis und Kälte zu dauern, er ist steif gefroren und erstarrt vor Angst. Dann mit einem Male mündet der seltsame Strom in einen riesigen Stillen See, das Brausen lässt nach, und sein Körper treibt ruhig im Wasser dahin. Er kann sich nicht bewegen, doch er braucht es auch gar nicht, denn er kann nicht untergehen.

Plötzlich ist da ein Ufer vor ihm, der Boden ist trocken und sandig, und er möchte vor Erleichterung aufatmen.

Ohne Mühe erreicht er das Ufer, und es gelingt ihm, sich zu erheben. Um ihn herum ist nichts als Finsternis, er kann nur ein paar Schritte weit sehen, und über ihm, in großer Höhe, erkennt er das Felsige das der Grotte.

Langsam und unsicher taumelt er durch die Dunkelheit. Hier unten gibt es nichts, keinen Baum, keinen Strauch, keinen Quell, und bald hat er auch die schimmernde Oberfläche des Sees aus den Augen verloren. Der sandige Boden steigt etwas an, und bald erreicht er eine Anhöhe. Er geht weiter und bald erkennt er, dass es sich um ein regelrechtes Plateau handelt, größer als er erwartet hat. Irgendwie wird es heller, möglicherweise haben sich seine Augen auch einfach an die Dunkelheit gewöhnt, in jedem Falle kann er nun deutlich weiter sehen.

Auf einmal erstarrt er, sein Blick versucht die Finsternis zu durchdringen, doch er kann nichts deutlich erkennen. War dort hinten nicht gerade jemand? Sollte er sich getäuscht haben?

Er starrt geradezu in die Richtung, in der er etwas zu sehen glaubte, und da ist es plötzlich wieder: Eine helle Gestalt, die sich ihm langsam nähert, wird sichtbar. Seine Augen brennen, doch er kann nicht erkennen wer es ist.

Die Gestalt kommt näher, und er sieht, dass es sich um einen Mann handelt, schlank und hochgewachsen, doch irgendwie gebeugt und müde wirkend.

Seine Knie zittern, als der Mann vor ihn tritt, und er erkennt dessen weißen Bart und schütteres Haar.

Ein paar Schritte vor ihm bleibt der Mann stehen, und er sieht, dass in dessen Stirn ein entsetzliches, rundes Loch klafft, an den Rändern wie mit Asche geschwärzt.

„Wer bist du?" fragt er, und seine Stimme droht zu versagen.

„Erkennst du mich nicht?" antwortet der Mann mit tiefer Grabesstimme. „Du hast mich erschossen, weil ich beim Kartenspiel betrog."

Vor ungeheurem Entsetzen droht er förmlich am Boden festzufrieren, doch dann dreht er sich um und rennt in panischer Angst davon, immer weiter hinein in die undurchdringliche Finsternis.

Er rennt bis ihm die Lungen zu bersten scheinen, dann erst hält er inne und dreht sich suchend um.

Es ist nichts zu sehen, doch er hat auch vollkommen die Orientierung verloren. Um ihn herum ist nichts als Dunkelheit, er kann nichts erkennen.

Doch dann ganz plötzlich erscheint die Gestalt von neuem. Er will losrennen, nur weg von diesem Ort, jedoch erkennt er mit einem Male, das es sich um einen anderen Mann handelt. Dieser ist klein und rundlich und er hinkt an einem beinernen Krückstock heran.

„Kennst du mich noch?" krächzt der Mann auf schreckliche Weise, und er sieht im nächsten Moment, dass der andere eine Henkersschlinge um den Hals hat und dass sein Gesicht ganz blau angelaufen ist. Des Mannes Augen treten aus den Höhlen hervor und der Hals wirkt bis zum Zerreißen gestreckt.

„Du hast mich aufgehängt, weil ich zur Meuterei angestiftet habe."

Nun rennt er so schnell er kann und Tränen der Furcht treten ihm in die Augen. Sein Herz hämmert und er rennt wie er niemals gerannt ist. Nach scheinbar endloser Zeit meint er, die schrecklichen Gestalten hinter sich gelassen zu haben und bleibt stehen.

Eisige Schauer wechseln sich mit fieberartigen Hitzeschüben ab, er verschnauft für einen Moment, dann geht er langsam in eine Richtung. Immer wieder bleibt er stehen, lauscht und starrt in die Dunkelheit, doch es ist nichts zu sehen und nichts zu hören. Selbst das Dach der riesigen Höhle kann er nicht mehr ausmachen, nur noch dunkle Nacht ist um ihn herum.

Er geht weiter, lange Zeit, wie ihm scheint, und dann erreicht er einen Ort. Die Übergänge von

Dunkelheit zu hellem Tageslicht sind fließend und er ist geblendet.

Als er die Hand von den Augen nimmt, erblickt er vor sich ein sonniges Tal, der Boden ist mit saftigem Gras bewachsen und zwischen hohen Bäumen steht ein steinernes Haus.

Er kennt dieses Tal besser als jeden anderen Ort auf der Erde, und das Herz geht ihm auf, als er seinen Schritt beschleunigt und aus der Finsternis heraus in die wärmende Sonne tritt. Er dreht sich noch einmal um; die Finsternis ist verschwunden; überall nur Bäume und grüne Wiesen; dann geht er auf das Haus zu.

Er ruft nach ihr, doch sie ist nirgends zu sehen.

Er klopft an der Tür, dann merkt er, dass sie offen ist.

Drinnen im Haus ist es angenehm kühl und das Sonnenlicht fällt durch die bunten Fensterscheiben. Es riecht nach frischen Essen, so wie immer, wenn er heimkam.

Wo bist du, Geliebte?

Wo bist du?

Er sucht in jedem Raum, doch sie ist nirgends. Dann will er die ehrwürdige Holztreppe hinaufgehen, als er mit einem Male innehält: Oben, am Ende der Treppe, auf dem Absatz, er kann es kaum glauben, da steht sie.

Sein Atem geht jetzt schwer, sie ist so schön; sie ist zu schön. Ihr Haar glänzt so wie an jenem Abend auf dem Ball in New Orleans, auf dem er sie zum ersten Male gesehen hat. Ihre Haut ist zart, die Bewegungen sind sanft und abgerundet, so etwa, wenn sie ihr Kleid richtet oder sich durch das

Haar streicht. Doch irgendetwas ist anders, so anders, als er es in Erinnerung hat.

Er will die Treppe hinaufgehen, zu ihr, doch seine Beine bewegen sich keinen Meter, es ist, als versage ihm jeder einzelne Muskel den Dienst. Nichts kann er tun, seine Füße sind wie mit Teer auf dem Boden verklebt.

In ihren Augen ist eine ungeheure Traurigkeit gesehen. Noch niemals zuvor hat er in Augen geblickt, die so tiefen Schmerz ausstrahlen wie die seiner Geliebten. Seiner Frau.

Oh nein, Sarah, nein, komm zu mir!

Doch sie wendet sich langsam um und geht davon.

Durch Eis und Schnee

Eisige Winde. Kälte, die wie Tausende und Aber-
tausende kleiner Rasierklingen durch die dicken
Pelze hindurch in die Haut und noch tiefer bis ins
Fleisch, bis ins innerste Leben zu schneiden schienen.

Meterhoher Schnee, ungeheuerliche Verwehun-
gen und aufziehende Schneestürme. Die Kälte las-
tete körperlich auf jedem Lebewesen, das es
wagte, seine Behausung zu verlassen und sich der
eisigen Unwirtlichkeit zu stellen.

Tyrone jedoch grinste breit über das ganze Gesicht. Nichts von alldem würde ihn noch aufhalten.
Endlich ging es nach Süden. Breitbeinig stand er
auf den Kufen des Hundeschlittens und trieb die
Tiere zu schnellerer Gangart an. Ein paar hundert
Meter vor ihm fuhr Torok mit seinem Gespann und
zog eine große Wolke feinen Pulverschnees hinter
sich her. Es ist gut, dass er mir die Piste spurt,
dachte Tyrone, ansonsten wäre es eine ganz
schöne Plackerei. Nach drei Tagen begann er das
Gespann schon ganz gut zu beherrschen; er kannte
die Kommandos für links und rechts, für schneller,
langsamer und für halt, und die Hunde schienen
ihn zu akzeptieren. Er hatte sie sofort in sein Herz
geschlossen, diese kleinen, stolzen Kraftpakete,
Hermes des Nordens, hatte er den Leithund innerlich getauft; es waren wunderbare Tiere, und irgendwie fand er, dass sie ihm sehr ähnlich waren
mit ihrer Rastlosigkeit und zügellosen Kraft.

Nach Art der Inuit mit den Hunden unterwegs zu
sein war ein königlicher Sport und jeder, der den
Widrigkeiten des hohen Nordens begegnet war,

wusste die Überlegenheit von Hunden gegenüber Pferdegespannen zu schätzen. Noch immer allerdings schien dies nicht zu allen Weißen im Norden Kanadas und Alaskas durchgedrungen zu sein, denn viele von ihnen wagten sich noch immer mit den für die Kälte weniger geeigneten Huftieren in die Wildnis.

Nicht nur, dass es viel schwieriger und aufwendiger war, geeignetes Futter für Pferde mitzuführen als Hunde zu versorgen; Pferde beherrschten ebenso wenig die im Norden sehr nützlichen Überlebensstrategie der Hunde, die sich zu einem kleinem Fellknäuel zusammenrollen konnten und sich ich den Schnee eingruben. Auf diese Weise waren die Tiere von Temperaturen unabhängig und ihren Vorfahren, den Wölfen, sehr ähnlich.

Kaum jemand, der Tyrone begegnete, hätte für möglich gehalten, dass der Walfänger sehr viel Interesse und Begeisterung für Tiere übrighatte und ihre Nähe, besonders etwa im Falle der Schlittenhunde, sehr schätzte. Zu oft in seinem Leben hatten ihm jedoch die Rolle, in die er hineingewachsen und das Männerbild, dem er entsprechen musste, die Möglichkeit verwehrt, Zuneigung für ein Haustier zu empfinden oder gar ein solches zu besitzen. In dieser Hinsicht, das nahm er sich nun vor, würde er sich ändern.

Tyrone wusste, dass sein Körper die durch den hereinbrechenden Winter und seine langen Strapazen ausgelösten Schmerzen spürte, doch er beachtete diesen Umstand nicht. Es war, als befände er sich an einem anderen, besseren Ort, und die meiste Zeit über war er es auch: Er befand sich bei ihr, irgendwo tief im Süden Louisianas. Sie lagen in lauer Sommernacht in einem Baumwollfeld und liebten sich, und es gab nichts außer ihnen und den Sternen.

Wenn er sie für kurze Zeit verließ, um mit Torok eine Pause zu machen und für die Hunde etwas gefrorenen Fisch über dem Feuer aufzutauen, dann dachte er: Süden, nur weiter nach Süden, und als er wieder auf dem Schlitten stand und die Hunde anspornte, kehrte er zu ihr zurück.

So ging es einige Tage, und schneebedeckte Landschaften zogen vorbei wie im Traume, selten ein wildes Tier oder ein Baum in der Nähe, von Menschen entdeckten sie noch nicht einmal eine Spur. Die Gespräche am abendlichen Feuer waren eher einsilbig, denn Torok sprach zwar ein paar Brocken Russisch, die er auf einem Walfangschoner aufgeschnappt hatte, doch diese beschränkten sich auf See und Walfang, und nur selten hatte Tyrone das Gefühl, seinem Gefährten die Dinge sagen zu können, die ihm bedeutsam waren. Zum Beispiel nämlich wie dankbar er dem jungen Inuit und dessen Familie war für all das, was sie für ihn getan hatten, und dass sie der erste Lichtblick in seinem Leben nach einer langen Phase der Dunkelheit gewesen waren. Dass es ihn zu Tränen gerührt hatte, Toroks jüngsten Sohn unter den Bäumen hervortreten zu sehen und dass sein Aufenthalt unter dem gastfreundlichen und großzügigen Volk des Nordens mehr geheilt hatte denn nur die Wunden seines Körpers.

Obwohl er dem jungen Inuit mit dem durch Kälte und Entbehrung ausgemergelten Gesicht und den leuchtenden, klugen Augen dies alles nicht darlegen konnte, so spürte er doch, dass dieser bereits darüber Bescheid wusste. Torok war, so schien es Tyrone, wie alle Mitglieder seines Volkes kein großer Redner. Er war schweigsam und das, was man in Tyrones Welt wohl gottesfürchtig nannte, und sprach durch seine Taten.

Diese Art lag Tyrone sehr, und war er doch selbst immer schweigsam gewesen, so empfand er doch einen gewissen Ekel, wenn er an sein Verhalten in seinem vorherigen Leben denken musste. Hier spürte er zum ersten Male eine spirituelle Dichte und Größe, die in sich bei weitem alles übertraf, was der Abenteurer bei den wenigen Kirchgängen erfahren, die er je unternommen hatte.

So begann er die Stunden auf dem Schlitten oder im Robbenfellschlafsack unter den seltsamen Nordlichtern zu lieben und jede Sekunde zu schätzen. Dies war keine Strapaze mehr, denn diese Reise bot ihm mehr, als sie ihm durch ihre Härten nahm, und fast begierig auf jeden neuen Tag schälte er sich früh morgens aus dem warmen Lager, um nach den Hunden zu sehen und, was mit jedem Male häufiger vorkam, den erfahrenen Torok zu wecken.

Als eines Abends ein Rudel Wölfe die Spur der beiden Gespanne aufgenommen hatte und Tyrone, der einstige Walfänger, ihr Heulen in dem undurchdringlichen Weiß vernahm, musste er unwillkürlich lächeln, denn er fühlte sich in dieser Gemeinschaft so sicher wie noch nie im Leben.

Seit er als Junge seine Familie in Irland verlassen hatte, war er stets allein durch die Welt gezogen, und hatte er einmal einen Gefährten gefunden, so war dieser meist recht bald wieder von ihm gegangen- auf die eine oder andere Weise. Diesmal jedoch fühlte er eine Stärke und Sicherheit, als zöge er mit einem ganzen Volksstamm durch die Gegend, und nicht bloß mit einem zwanzigjährigen Inuit und achtzehn Schlittenhunden.

Um die Wölfe abzuschrecken, hielten sie nachts in abwechselndem Turnus Wache und feuerten alle drei Stunden Tyrones Gewehr ab. Nachdem der Ire den Inuit in die Handhabung der Waffe eingewiesen hatte, zeigte sich dieser von dem für ihn neuartigen Gerät tief beeindruckt. Tyrone versuchte Torok zu erklären, auf welche Entfernung man damit Wild erlegen könne, doch dies sprengte den Rahmen seiner sprachlichen Fähigkeiten, und damit beschloss er, am nächsten Morgen ein praktisches Beispiel zu liefern.

Der Polarbär

Ein einziges Mal nur auf ihrer langen Fahrt durch das eisige Herz Alaskas erblickten sie einen Polarbären. Torok hatte Tyrone schon bei Antritt der Reise vor dem Herrscher der Kälte gewarnt, doch diesem war bereits bewusst gewesen, dass der Polarbär ungleich gefährlicher war als der Grizzly. Seit seiner einstigen Begegnung mit dem verwundeten Bären zeigte Tyrone einen tiefen Respekt vor der Kraft und der Schnelligkeit jener Tiere, und nichts wünschte er weniger als einen erneuten Zusammenstoß.

Er wusste auch, dass es sich bei dem Vorfall mit dem Grizzly um eine Verkettung unglücklicher Ereignisse gehandelt hatte und dass diese Art Bär für gewöhnlich vor dem Menschen die Flucht ergriff. Anders verhielt es sich nun aber mit dem Polarbären. Der stellte nämlich, an der Spitze einer aus nur wenigen Säugetierarten bestehenden Nahrungskette stehend, eine ständige Bedrohung dar. Durch eisige Wüsten pirschend und ständig auf der Suche nach Nahrung, war für ihn der Erfolg einer Jagd von essentieller Bedeutung. Anders als der Grizzly hielt der Polarbär keinen Winterschlaf, und fand darüber hinaus ein Überangebot an Futter vor wie sein weiter südlich beheimateter Vetter. Er konnte nicht auf vegetarische Delikatessen und nur selten auf Aas zurückgreifen, sondern musste sein Überleben ständig durch erneute Beutezüge sichern.

Die Inuit hatten schon häufig schreckliche Erfahrungen mit ausgehungerten Polarbären gemacht, die nicht davor zurückschreckten, in menschliche Behausungen einzudringen, über die Bewohner

herzufallen oder auch ganze Schlittenhundege-
spanne zu zerfleischen.

Daher hatten sich Torok und Tyrone für einen
nächtlichen Wachwechsel entschieden, der es jedem von ihnen lediglich erlaubte, vier Stunden an
einem Stück zu schlafen. Die Situation, in der sie
einen Bären zu Gesicht bekamen, ereignete sich allerdings glücklicherweise nicht nachts, sondern an
einem klirrend kalten Morgen der dritten Woche
ihrer Reise.

Sie waren vielleicht zwei Stunden unterwegs, da
zügelte Torok mit einem Male sein Gespann. Die
Hunde wurden unruhig und begannen zu knurren,
und da erblickte auch Tyrone den Grund ihrer Be-
unruhigung. Einige hundert Meter entfernt tauchte
hinter einem Schneehügel ein mächtiger Polarbär
auf. Tyrone konnte sich nicht erinnern, jemals zuvor ein derart beeindruckendes Tier gesehen zu haben.

Unverzüglich ließ er sein Gespann anhalten und
griff langsam nach der Büchse. Ein Schauer lief
ihm den Rücken herunter. Er bezweifelte, dass er
mit einem einschüssigen Gewehr dieses Kalibers
wirklich etwas ausrichten konnte gegen dieses ur-
zeitliche Ungetüm, diesen zweitausend Pfund
schweren Berg aus Muskeln und dichtem Fell.

Der Bär hob den Kopf und nahm die Witterung der
Menschen und Hunde auf, Wesen, denen er möglicherweise zum ersten Mal in seinem Leben begegnete. Im nächsten Moment sah er in ihre Richtung. Obwohl er zu weit entfernt war, als dass man
seine Augen hätte sehen können, war Tyrone sich
sicher, den durchdringenden Blick des Raubtieres
zu spüren. Trotz der eisigen Kälte lief ihm in

seinem Robbenfellanzug der Schweiß in Strömen den Körper herunter. Er musste an den Grizzly denken, mit dem er einst gekämpft hatte, an den heißen Atem des Tieres und den Schmerz der messerscharfen Kralle in seiner Brust. Plötzlich begann er unkontrolliert zu zittern, denn es erschien ihm, als durchlebte er dies noch einmal.

Im nächsten Moment sah sich Torok nach ihm um. Tyrone begriff, dass der andere seine Schwäche spürte, doch es war unmöglich, das Zittern zu unterdrücken. Für einen schrecklichen Augenblick verharrte der Bär in seiner lauernden Position, so als wolle er seine Chancen ausrechnen, dann wandte er sich scheinbar desinteressiert ab und trabte davon. Bald war er nur noch ein winziger weißer Punkt im endlosen Weiß, dann verschwand er.

Tyrone atmete geräuschvoll auf. Torok nickte ihm zu, und der Abenteurer konnte sehen, dass Verständnis in den Augen des Inuit lag. Sie sahen sich noch eine kurze Weile an, dann setzten sie ihre Reise fort.

Auf dem Schlitten zu fahren war ein Gefühl der Dynamik, des puren Lebens, so wie es Tyrone auch bei der Seefahrt stets gespürt hatte. Obwohl es ihm im nächsten Moment unsinnig vorkam, schwor sich der Abenteurer doch mit einem Male, irgendwann in den Norden zurückzukehren und all dies noch einmal zu erleben.

Erstaunlich war stets die Geschwindigkeit, mit der jener wendige Schlitten durch den Schnee sauste, und die scheinbar endlosen Energiereserven der Tiere, die nach einer kurzen Nacht bereits wieder voll Leidenschaft bellten und am Anker zogen, wenn sie spürten, dass es weitergehen sollte.

Die Tage wurden schnell kürzer und förmlich mit jedem neuen Morgen ließ sich die Veränderung in der Landschaft erkennen.

Je weiter sie nach Süden kamen, desto mehr Leben offenbarte das Land, doch noch immer war die Vegetation spärlich und nur selten erblickten sie ein Tier; nicht eine Spur hingegen von menschlicher Zivilisation. War er früher stets dankbar gewesen, keinem Menschen begegnen zu müssen, so sehnte er sich nun nach der Gesellschaft seiner Artgenossen, nach einem guten Gespräch in seiner Muttersprache, nach Wärme und Freundschaft.

Eine tiefe Sehnsucht lag in diesem Verlangen, und all dies projizierte Tyrone auf den Süden, auf Louisiana. Doch je weiter sie vorankamen, je näher das einst so abstrakte Ziel rückte, desto mehr befielen ihn Zweifel. Besonders nachts am Feuer fiel es ihm immer schwerer, einzuschlafen, und er wälzte sich bis zum Morgengrauen in unruhigem Schlaf. Wenn sie nun schon längst einen anderen Mann geheiratet hatte? Wer konnte ihr das verdenken? Wenn sie ihn nicht mehr liebte? Oder möglicherweise sogar tot war? Soweit durfte er gar nicht denken. So etwas durfte er sich einfach nicht einreden.

Mit müden Knochen stand er des Morgens auf, und auch Torok bemerkte die Veränderung an Tyrone.

Schlimme Erinnerungen: Die Haida

Als er eines Abends mit Torok an einem kleinen Lagerfeuer saß, dass ihnen ein abgestorbenes Bäumchen lieferte, da kamen die Erinnerungen an jene Tage wieder hoch, als er zum ersten Male in der Beringsee auf Walfang gewesen war. Eigentlich war es noch gar nicht so lange her, kaum mehr als eineinhalb Jahre, und doch hatte sich ein Schleier des Verdrängens über das Erlebte gelegt. Es waren grausame Tage gewesen, in denen nicht nur das Blut der Wale geflossen war.

Zu jener Zeit war es noch relativ unüblich gewesen, dass sich Walfänger bis an die Westküste Alaskas wagten, doch Tyrone und die Besatzung seiner *White Shark* hatten zu den Pionieren dieser Entwicklung gezählt. In großem Bogen hatten sie die Fanggründe vom Norden Alaskas bis zur Küste Westkanadas abgegrast und dabei empfindlich die uralten Rechte der Inuit sowie der Haida vor den Queen Charlotte Islands und der Nootka vor Vancouver Island verletzt. Diese hatten zunächst keine Reaktion gezeigt, als der schnittige Schoner vor ihren heimatlichen Küsten auftauchte, die Boote aussetzte und so viele Wale tötete und zu Lampenöl verarbeitete, wie es die ausgedehnten Laderäume erlaubten.

Eines Tages jedoch war es dann geschehen. Tyrone starrte ins Lagerfeuer und seine Gedanken drifteten mehr und mehr in jene Zeit ab, bis er schließlich völlig in der Vergangenheit versank.

Sie lagen vor den Queen Charlotte Islands und die Trinkwasservorräte wurden knapp. Daher sah sich Tyrone gezwungen, mit den beiden Jollen und ein paar Ruderbooten an Land zu gehen. Er beschloss die Expedition persönlich zu leiten und wählte nur die Männer mit der größten Erfahrung aus.

Es waren Männer wie der einäugige Ted gewesen oder wie Jack Tresher, harte amoralische Burschen, die sich einen Dreck um Menschenleben scherten und schon so manche auf dem Gewissen hatten.

Bereits von Anfang an hatte Tyrone ein ungutes Gefühl beschlichen, und obwohl er es sich zum Vorsatz gemacht hatte, auf seine Instinkte zu horchen, sah er keine Alternative.

Als sich die Boote der dicht bewaldeten Bucht bis auf etwa einhundert Yards genähert hatten, wurde Tyrones Gefühl zur Gewissheit. Am Strand erschienen dutzende bewaffnete Haida Krieger, und versperrten den Seeleuten den Weg ans Ufer. Sie trugen ihre traditionelle Kleidung, manche hatten Hüte aus Bast, außerdem waren sie mit Pfeil und Bogen, Kriegskeulen und rasiermesserscharfen Feuersteinmessern bewaffnet.

Die Kunstfertigkeit der Haida hatte Tyrone schon immer beeindruckt und jedes Mal staunte er über ihre aufwendigen und einschüchternden Masken. Auch diesmal trug einer der Männer eine rote bemalte Maske, die den Kopf eines Bären darstellte. Vermutlich handelte es sich um einen Schamanen, denn der Bär symbolisierte Macht und Kraft. Bei den Haida hatten viele Tiere eine Bedeutung und einige fanden sich sogar in ihren Schnitzereien wieder, etwa auf Totempfählen. Auch wenn Tyrone einer anderen Welt entstammte, hatte ihn die spirituelle Lebensweise der Haida schon immer fasziniert. Sie lebten in totalem Einklang mit der

Natur und über Jahrtausende hatten sie keine einzige Tierart an den Rand der Ausrottung gebracht. Sogar Bären, Pumas und Wölfe lebten in der Nähe ihrer Siedlungen, ohne dass die Eingeborenen Versuche unternahmen, diese Raubtiere auszulöschen. Vielmehr nahmen sie in der Geisterwelt der Haida wichtige Positionen ein; sie waren Ratgeber, wie im Falle des Wolfes, oder standen für Klugheit und Finesse, wie beispielsweise der Puma.

Auch Tiere, die in der Welt der Weißen meist nur Verachtung fanden wie der Rabe oder der Frosch fanden sich auf den Totempfählen und anderen Kunstgegenständen wieder. Jedes Lebewesen hatte seinen Platz, das Dasein war ein Kreislauf und daher bekam auch der Tod eine andere Bedeutung. Für den aus streng katholischem Elternhaus stammenden Tyrone offenbarte diese Sichtweise interessante und nie dagewesene Perspektiven.

Da Tyrone jedweder Konfrontation mit diesen faszinierenden und an sich friedlichen Menschen ausweichen wollte, befahl er kurzerhand beizudrehen. Es machte keinen Sinn, sich wegen des in diesen Gegenden reichlich vorhandenen Trinkwassers auf eine Konfrontation einzulassen. Vermutlich beschützten die Haida lediglich einen heiligen Ort, etwa eine Begräbnisstätte.

Daher beschloss Tyrone, dass es am besten sei, mit den Booten zur *White Shark* zurückzukehren und einen neuen Kurs abzusetzen. Er rechnete fest damit, noch im Laufe des Vormittages einen besseren Ort für den Landgang zu finden. Gerade wollte er den Männern seine Entscheidung mitteilen, doch im selben Moment krachte auf der der zweiten Jolle an Steuerbord ein Schuss. Zeitgleich fiel der Schamane der Haida am Ufer wie vom Blitz getroffen zu Boden. Entsetzt wandte Tyrone den Blick nach rechts und sah den Bootsmann Jack Tresher seinen Sharps Karabiner senken. Pulverdampf umgab seine zu einem Grinsen verzerrte Fratze, und einen Lidschlag später krachten weitere Schüsse.

Aus allen anderen Booten feuerten die Seeleute wie wahnsinnig, nur an Bord von Tyrones Jolle wagte dies niemand. Verzweifelt brüllte dieser aus Leibeskräften, befahl das Feuer einzustellen, doch niemand schien ihn zu hören. Die Männer legten an und drückten kaltblütig die Abzüge ihrer Winchester-, Sharps- oder Spencer-Karabiner. Es schien so, als feuerten sie auf Jagdwild und rauschhaft repetierten sie, um neue Kugeln fliegen zu lassen. Pulverdampf hüllte die Boote ein und zog quer über die Bucht.

Tyrone sah die Haida voller Verzweiflung fliehen, einige waren sichtbar verwundet, und dann erst wurde ihm gewahr, dass etliche bereits leblos am Boden lagen. Entsetzt nahm er wahr, wie der Schamane sich in einer letzten Anstrengung noch einmal zu erheben versuchte. Es war, als wehrten sich alle spirituellen Kräfte, die er im Laufe eines Lebens gesammelt und gehütet hatte, dagegen, von einem Stück Blei ausgelöscht zu werden.

Für einen Moment schien es, als könne der Schamane sich noch einmal zur vollen Größe aufrichten, er nahm die Maske ab und zeigte sein Gesicht. Es war das gutgeschnittene Gesicht, eines Mannes, der sein Leben in der Natur verbracht hatte, gesund und unverbraucht, und tief liegende, klare Augen schienen Tyrone direkt in die Seele zu blicken.

Dieser hielt den Blick des Mannes, unfähig, irgendetwas zu unternehmen, und dann krachten weitere Schüsse und mehrere Gewehrkugeln trafen den Schamanen fast gleichzeitig in den Torso. Tödlich getroffen fiel dieser zu Boden, erhob noch ein letztes Mal die Hand gen Himmel und blieb dann starr und unnatürlich liegen.

Die Zeit schien still zu stehen und als die überlebenden Eingeborenen endlich hinter dem dichten Saum des Waldes verschwunden waren, hörten auch die letzten der Seeleute zu schießen auf. Von glühendem Hass gepackt wandte Bill Tyrone den Kopf wieder der zweiten Jolle zu und starrte den grinsenden Jack Tresher an.

Instinktiv wanderte seine Rechte zum Schaft des Gewehres, doch die verunsicherten Blicke der Männer kühlten Tyrones Gemüt. Langsam begann sein Verstand wieder zu arbeiten und den überwältigenden Zorn zu vertreiben. Nur zu gerne hätte er dem mehrfachen Mörder eine Kugel aus seiner Henry Rifle verpasst, denn es fühlte sich gut an, das kalte Metall des Unterhebels und der Gedanke, auf Tresher zu feuern, bohrte übermächtig in ihm. Doch er hatte eine Verantwortung der Mannschaft gegenüber und durfte sich seinen Rachegelüsten nicht hingeben. Zumindest würde er sie verschieben, bis sich eine Gelegenheit böte.

Alle Blicke waren nun auf Tyrone gerichtet und er musste eine Entscheidung treffen, einen Befehl geben, sonst würde er unglaubwürdig werden. Kurzerhand befahl er, die Fahrt zur Küste fortzusetzen. Es hatte keinen Sinn, jetzt noch beizudrehen. Da das Schlimmste geschehen war, musste er sich mit der Situation abfinden und versuchen, ihr das

Beste abzugewinnen. Er würde mit den Männern an Land gehen und die Trinkwasservorräte ergänzen. Die Haida, so glaubte er, würden sie nach diesem Vorfall nicht mehr behelligen. Zwar würden sie nie mehr an diesem Ufer landen können, denn nicht nur jeder Indianer an der Küste, sondern auch die kanadische Regierung würde Wind von der Sache bekommen und die Verantwortlichen zur Rechenschaft ziehen wollen. Glücklicherweise ankerte der Schoner ein Stück weg von der Bucht und ohne Fernrohr würde man den in glänzendem Weiß gepinselten Namen *White Shark* nicht lesen können. Über derartige Gerätschaften, so vermutete Tyrone allerdings, verfügten die Haida keinesfalls.

Es war jedoch ratsam, nach dem Wasserbunkern schnellstmöglich die kanadischen Gewässer zu verlassen und im Geiste arbeitete Tyrone bereits einen südlichen Kurs in Richtung der Küste des Staates Washington aus. In seiner Position als Steuermann der *White Shark* würde er dem Captain einen derartigen Kurs vorschlagen können, doch niemand konnte wissen, was der Alte vorhatte.

Tyrone würde ihn zu überreden versuchen, doch in letzter Zeit hatten die Sauferei des Captains und sein jähzorniges Verhalten immer mehr zu unvorhersehbaren, wahnwitzigen Handlungen geführt.

Kurz darauf lösten sich derartige Gedanken auf und wurden von einer grausigen Realität vertrieben. Denn als sie die Boote verließen und das Ufer betraten, trat mit einem Male eine gespenstische Stille ein. Die sonst so prahlerischen Seeleute schwiegen, als sie das entsetzliche Blutbad sahen, das sie völlig grundlos angerichtet hatten.

Im Schatten der dunklen Nadelbäume lagen die leblosen Körper der Indianer. Die meisten waren junge Männer gewesen, deren Blut jetzt der grobkörnige Sand aufsog. Insgesamt musste es sich um mindestens zehn Tote handeln.

Tyrone beugte sich über einen besonders jungen Krieger, an dessen Stirn eine faustgroße Austrittswunde klaffte. Es war ein gutaussehender Junge, vielleicht sechzehn Jahre alt, und Tyrones Wangen verfärbten sich vor Scham. Wie oft hatte er dergleichen bereits erlebt? Wie oft hatte er junge Männer sterben sehen, bevor ihre Zeit überhaupt gekommen war? Diese Jungs hatten meist den Kopf voller Ideale und nicht die geringste Ahnung davon, was leben eigentlich bedeutete.

Unwillkürlich ballten sich seine Hände zu Fäusten. Männer wie Jack Tresher hatten schon zu viele solcher jungen Kerle unter die Erde gebracht, ohne dafür zur Rechenschaft gezogen worden zu sein. Er wusste, dass Leute wie Tresher ein Menschenleben auslöschten ohne überhaupt darüber nachzudenken. Tyrone hatte sie sein ganzes Leben lang gehasst, diese Männer ohne Moral, ohne Wertbegriffe und ohne jegliche Kultur. Sie waren Wilde, und das im übelsten Sinne des Wortes, Wilde, die das Schicksal mit den Waffen des späten neunzehnten Jahrhunderts ausgestattet hatte.

Tiefes Schweigen herrschte noch immer, als er nach einer geraumen Weile von dem toten Krieger aufsah und Jack Tresher einen eindeutigen Blick zuwarf. Der senkte mit hündischer Unterwürfigkeit den Kopf und starrte vor sich hin, doch Tyrone war klar, dass sich der andere kein bisschen schuldig fühlte. Zu gerne hätte er Tresher brutal zusammengeschlagen, und seine mächtigen Muskeln spannten sich aufs Äußerste, doch auch in dieser Situation erlangte er wieder die Kontrolle über seine Emotionen.

Vorerst war genug Blut geflossen, und Tresher würde sein Schicksal noch früh genug ereilen. Zunächst war erst einmal wichtig, dass er diese unselige Expedition zu Ende führte, damit sie mit vollen Trinkwasserreservoirs weitersegeln konnten. Auch für Tyrones Stellung an Bord war es wichtig, dass er zu Ende führte, was er begonnen hatte. Jetzt aufzugeben hätte seine Führungsqualitäten in Frage gestellt und kam daher nicht in Frage. Auf knappe und eindringliche Weise wies er die Männer an, sich hintereinander zu formieren, zusammen zu bleiben und als geschlossene Gruppe ins Landesinnere vorzurücken.

Eindeutig gab er ihnen die Bedeutung des Unternehmens und die damit verbundenen Gefahren zu verstehen, ohne noch einmal auf das Vorgefallene einzugehen. Tyrone war sich bewusst, dass nichts weniger Sinn gemacht hätte, als die Männer noch weiter zu verunsichern und damit zu schwächen. Schließlich befanden sie sich von nun an im Feindesland und die Sicherheit seiner Leute hatte für ihn oberste Priorität.

Langsam und äußerst vorsichtig rückten sie durch den dichten Wald vor, ständig nach allen Seiten sichernd. Auch nach einiger Zeit war keine Menschenseele zu sehen und es herrschte eine bedrückende Stille. Lediglich das Knacken der Äste, das die Männer verursachten und das gelegentliche

Klappern der Waffen waren zu vernehmen. Nachdem sie Tyrones Schätzung etwa eine Meile zurückgelegt hatten, erreichten sie die ergiebige Quelle eines Baches. Das Wasser war auffallend klar und nachdem Tyrone es gekostet hatte, befahl er den Seeleuten, die leeren Fässer zu füllen.

Das Heranschleppen, Öffnen und anschließende Befüllen der hölzernen Fässer nahm einen nicht enden wollenden Zeitraum in Beschlag und diejenigen Seeleute, die Tyrone als Wachen abgestellt hatten, wurden von Minute zu Minute sichtbar nervöser. Sie reckten die Hälse, ihre Augen versuchten das tiefgrüne Dämmerlicht zu durchdringen und ihre Finger spielten mit den Hähnen und Repetierbügeln ihrer Gewehre.

Während das Befüllen zu Ende ging und die Fässer wieder aufgenommen und von jeweils zwei Mann geschleppt werden mussten, überlegte Tyrone, ob es möglicherweise sinnvoller sei, die Männer eine Art Kette von der Quelle bis zu den Booten bilden zu lassen. Zwar reichten siebenundzwanzig Mann nicht annähernd aus, um die Meile von der Quelle bis zu den Booten abzudecken, doch wenn er sie wie Staffelläufer vorgehen und die Fässer jeweils nur kurze Strecken schleppen und dann an den nächsten Mann weitergeben ließ, konnte er die Kräfte der angespannten Seeleute schonen. Andererseits bedeutete die Einrichtung einer derartigen Kette den Verlust wertvoller Zeit, den sie womöglich nicht hatten.

Während er die Vor- und Nachteile eines solchen Vorgehens gegeneinander abwägte, wurde der Mann, der unmittelbar neben ihm ein Fass öffnete, von einem Pfeil getroffen. Den Mund zu einem stummen Schrei geöffnet, versuchte er vergeblich mit der rechten Hand den Pfeil zu erreichen, der aus seinem Rücken ragte. Dann ging alles sehr schnell. Ein bösartig rauschender Hagel von Pfeilen ging auf die Männer nieder, und binnen weniger Sekunden krümmten sich etliche getroffen am Boden.

Tyrone riss das Gewehr an die Schulter, doch der Gegner blieb im Dickicht verborgen. Dann erklang ein markerschütterndes Kriegsgeschrei, das aus vielen hundert Kehlen zu stammen schien und die Aura übernatürlicher Bedrohung verbreitete.

Einige der Seemänner ließen ihre Waffen fallen und rannten panisch in Richtung Strand. Nur die Besonnenen bildeten einen Kreis, legten ihre Gewehre an und erwarteten Tyrones Befehle. Dieser ahnte, dass es bei diesen um Männer handelte, die im Krieg gewesen waren.

Instinktiv spürte er, dass sie einem Kampf entgegensahen, den sie nicht gewinnen konnten. Ein flüchtiger Blick zeigte ihm, dass weniger als zwanzig Mann an seiner Seite waren, und die Zahl des Gegners schätzte er auf ein Vielfaches. Die meisten Seeleute verfügten lediglich über einschüssige Hinterladergewehre wie die großkalibrige Sharps, nur wenige über eine Winchester 66 oder eine Spencer, ein paar vielleicht noch über Revolver, doch die Reichweite der Feuerwaffen gegenüber den indianischen Bögen würde in diesem dichten Wald keinen Vorteil bringen. Darüber hinaus kannte Tyrone die Indianer und ihre kluge und unnachgiebige Art zu kämpfen.

Während er seinen Leuten Anweisung gab sich hinzuhocken oder die Deckung von Bäumen aufzusuchen, brachen mit einem Male dutzende Krieger aus dem Unterholz und griffen mit ohrenbetäubenden Kriegsrufen an. Äxte, Kriegskeulen, Messer und Speere schwingend, stürzten sie auf die überraschten Weißen zu.

Auf Tyrones bedachtes Kommando hin feuerten diese jedoch eine erste vernichtende Salve in die Angreifer, was die Attacke für ein paar wertvolle Sekunden ins Stocken brachte. Diesen kurzen Zeitraum konnten die Seemänner zum Nachladen nutzen, doch sie sollten nicht dazu kommen, eine weitere Salve abzufeuern. Denn mit einem Male warfen sich die angreifenden Krieger zu Boden und aus dem Dickicht schossen erneut hunderte Pfeile auf Tyrone und seine Männer zu. Dieser erneute Schlag aus dem Nichts war wesentlich furchtbarer als der erste, und mehr als die Hälfte der Männer sank schwer verwundet oder tot zu Boden. Entsetzt wollten sich die Überlebenden zur Flucht wenden, als die mit Nahkampfwaffen versehenen Indianer aufsprangen und erneut angriffen.

Was nun folgte, war ein minutenlanger, überaus blutiger aber für die Seeleute aussichtsloser Kampf. Dank ihrer Feuerwaffen gelang es diesen zwar, eine große Anzahl Krieger zu töten, doch sobald Gewehre und Revolver leer geschossen waren, gingen die meisten im engen Gerangel der Messer und Äxte unter.

Tyrone hielt sich noch eine Weile auf den Beinen, kämpfte mit Gewehrkolben, Bowiemesser und Fäusten wie ein Berserker, doch dann sah auch er ein, dass es aussichtslos war. Er blutete bereits aus mehreren Wunden und fühlte, wie seine Kräfte allmählich nachließen. Bereits zu Beginn des Kampfes hatte er sich geschworen, sich nie von den Haida gefangen nehmen zu lassen. Daher kämpfte er sich einen Weg durch die Reihen und rannte in Richtung Strand.

Aus den Augenwinkeln sah er, dass sich ihm drei seiner Männer angeschlossen hatten. Sie rannten wie sie noch nie gerannt waren, durch das Unterholz und über Felsen und losen Kies, und zahllose Äste zerschrammten ihnen die Haut. Tyrone konnte spüren dass ihnen die Haida dicht auf den Fersen waren, und aus den am Boden liegenden Leichen der Männer, die zu allererst zu fliehen versucht hatten, konnte er schließen, dass sie die letzten Überlebenden waren.

Nach einer scheinbaren Ewigkeit konnte er die vier Ruderboote und die beiden Jollen am Ufer liegen sehen. Noch einmal holten die Männer alles aus sich heraus und sprinteten über den Strand.

Vier oder fünf Krieger standen bei den Booten und bewachten sie, doch sie schienen nicht auf die blutenden und zu allem entschlossen wirkenden Seemänner gefasst zu sein. In einem gnadenlosen Nahkampf streckten diese die Haida nieder und ließen keinen der Krieger am Leben.

Völlig außer Atem brüllte Tyrone seinen Männern zu, sich in eins der Boote zu begeben. Diese folgten seinem Befehl und nahmen die Riemen auf. Tyrone warf sich mit aller Kraft gegen das Boot und schob es ins Wasser. Dann kletterte er selbst an Bord.

Was anschließend geschah, war ein kaum beschreibbarer Überlebenskampf. Die Seemänner hatten sich erst wenige Meter vom Ufer entfernt und bemühten sich um einen gleichmäßigen Rudertakt, als unzählige Krieger zwischen den Bäumen hervorbrachen und ohne weiteres Zögern einen weiteren mörderischen Pfeilhagel auf das kleine Boot niedergehen ließen. Jeder der vier Männer, Tyrone eingeschlossen, wurde mindestens von einem Pfeil getroffen. Der einäugige Ted, ein alter Bootsmann, starb auf der Stelle an zwei Pfeilwunden in Hals und Schulter.

Ohne sich um seine eigenen Verletzungen zu kümmern, wuchtete Tyrone den Mann über Bord und übernahm dessen Riemen. Geduckt ruderten sie weiter, Yard um Yard, und warteten auf den nächsten tödlichen Hagel.

Doch statt weiter zu schießen besetzten die Haida die übrigen Boote, versuchten sich an den für sie ungewohnten Riemen und verfolgten die weißen Eindringlinge kurzerhand.

Ein Schrei der Verzweiflung kam einem der Seeleute über die Lippen, denn sie wussten, dass sie es niemals bis zur *White Shark* schaffen konnten, die noch einige Kabellängen entfernt vor Anker lag.

Es war ein schöner sonniger Tag, doch die drei Männer spürten, dass sie sterben würden, wenn nicht ein Wunder geschah.

Die mit Kriegern randvoll besetzten Boote kamen mit jeder Minute näher, und darüber hinaus hatten sich ihnen schnelle Kriegskanus angeschlossen, die von der anderen Seite der Bucht gekommen waren. Diese hatten die trägen Ruderboote bald überholt, und strebten pfeilschnell auf die überlebenden Seeleute zu. Es war eine scheinbar aussichtslose Situation, denn es gab keine einzige Feuerwaffe mehr an Bord, und die Krieger am Bug des Kanus machten bereits ihre Bögen einsatzbereit.

Da geschah etwas, mit dem keiner der drei Männer gerechnet hätte. Ein dumpfes Grollen ertönte und ein mächtiges Geschoss sauste über die Wellenkämme und traf das vorderste Kanu. Dieses zersplitterte augenblicklich und die Krieger wurden tot oder schwer verletzt ins Wasser geschleudert.

Die Haida an Bord der übrigen Kanus und Boote stießen Schreie des Entsetzens aus und hörten zu rudern auf. Völlig verdutzt und mit der Situation überfordert starrten die völlig erschöpften Seeleute in Richtung der *White Shark*. Eine Pulverwolke verriet Tyrone, dass man dort die kleine Sechspfünderkanone in Gang gebracht und mit einem unvorstellbaren Glückstreffer das vorderste Kanu erwischt hatte.

Über die Wirkung derartiger für sie fremder Waffen waren die Haida so entsetzt, dass alle ihre Boote unmittelbar darauf beidrehten und gen Ufer zurückfuhren. Tyrone und die anderen zwei Männer erreichten bald darauf die *White Shark*, wo sie von den spärlichen Resten der Mannschaft sofort versorgt wurden.

Für einen der Männer kam jedoch jede ärztliche Hilfe zu spät und er starb bevor die Sonne unterging. Außer Tyrone, der neben den anderen schmerzhaften Verletzungen eine tiefe Fleischwunde im Oberarm erlitten hatte, war es ausgerechnet Jack Tresher, der das Massaker überlebte, für das er verantwortlich gewesen war.

Noch am selben Tag ließ der Captain den Anker lichten, und die *White Shark* setzte ihre Fahrt mit Kurs auf Vancouver fort um die Ladung zu löschen. Er hatte sich von Tyrone nicht überreden lassen, Kanada augenblicklich den Rücken zu kehren, sondern bestand darauf, die aufblühende kanadische Stadt anzulaufen. Dass er dadurch eine weitere Tragödie auslösen würde, konnte Tyrone bereits auf der Überfahrt erahnen.

Schlimme Erinnerungen: Vancouver

Diese Überfahrt war furchtbar gewesen, denn außer dem Captain und Tyrone befanden sich lediglich Jack Tresher und der Koch an Bord; fünfundzwanzig Männer waren tot oder vermisst. Die Gewissensbisse, die Tyrone plagten, waren so schwer, dass sie ihm körperlich zu schaffen machten und er sich fortwährend erbrach und unter den stärksten Kopfschmerzen seines Lebens litt.

Darüber hinaus war es eine höllische Aufgabe, einen Schoner zu viert durch die Küstengewässer des Pazifiks zu segeln, und sei es nur für die Dauer einer Woche. Das Bestimmen der Position mithilfe des Sextanten, das Navigieren, das Setzen, Reffen und Herunternehmen der Segel, die Arbeit an den Schoten, Bullen und Geitauen sowie das ständige Wachegehen war mit einer derart geringen Besatzung mühselig, da immer mindestens zwei Mann an Deck sein mussten.

Einer stand am Ruder, während ein anderer die navigatorischen Aufgaben sowie die Bedienung der Segel zu übernehmen hatte, insofern das allein überhaupt möglich war. Musste etwa eine Schot geholt werden, so war es notwendig, die übrigen Besatzungsmitglieder an Deck zu holen, und sei es mitten in der Nacht.

Darüber hinaus war der Koch für die Verpflegung zuständig, er musste Brot backen, Tee und Kaffee kochen und einmal am Tag in der winzigen Kombüse eine warme Mahlzeit zubereiten. Gelang diese nicht, so zog ein Smutje unweigerlich den Zorn der Mannschaft auf sich. Schließlich war das Essen in der harten Welt von Wind, Meer und

179

Wogen in doppelter Hinsicht überlebenswichtig: Es hielt die Seeleute nicht nur bei Kräften, sondern war auch die einzige Belohnung für all die verrichtete Arbeit, der einzige Komfort bei all den Härten, vom Schnaps natürlich abgesehen. Dieser war es mal wieder, der Tyrone während jener Tage zusammenhielt, der ihn zugleich aufbaute und deprimierte, der Trost spendete und Verdammnis verhieß.

Trotz widriger Winde erreichte die *White Shark* durch beharrliches Kreuzen nach sieben Tagen Vancouver, die grüne Perle am Pazifik. Fast jeder Seemann, der die Stadt kennen lernte, verliebte sich unweigerlich in sie, und Bill Tyrone stellte in dieser Hinsicht keine Ausnahme dar.

Es war, als träfen sich dort die verschiedensten Welten: Einerseits hatten die Kolonisten und seit Kurzem offiziell Kanadier dort ihre Straßen gebaut und um ein kleines Zentrum scharten sich die Häuser in britischem Stil. Howe Street und Robson Square waren die Zentren des kulturellen Daseins und auf der langgezogenen Granville Street fand ein ausgedehntes Nachtleben statt.

Noch weiter östlich dieses Stadtteils tummelten sich diejenigen, die weniger Geld besaßen, aber deren Hautfarbe zumindest weiß war: Handwerker, Fischer, Seeleute und Hafenarbeiter, aber auch Saloonbesitzer, Huren und Preisboxer bewohnten das, was als Gastown bekannt werden sollte.

Noch weiter östlich davon befand sich die Ansiedlung derer, die es in der Neuen Welt scheinbar weniger gut getroffen hatten: Zehntausende Chinesen hatten geholfen, die Eisenbahn quer durch das gewaltige Land zu legen, sie hatten Brücken errichtet, Tunnel in die Felsformationen der Rockies und des Küstengebirges gesprengt und dabei nicht selten einen hohen Preis bezahlt. Viele der Arbeiter waren dabei sprichwörtlich auf der Stecke geblieben und diejenigen, die trotz Knochenarbeit und Mangelernährung überlebten, waren nun an den Ufern des Pazifiks gestrandet, wo die Gesellschaft keinerlei Verwendung mehr für sie zu haben schien. Von den Weißen waren sie nicht akzeptiert, also blieben sie unter sich und formten jenes Ghetto, das man der Einfachheit halber Chinatown taufte.

Noch schlechter als die Chinesen hatten es ohne Zweifel die Ureinwohner Kanadas getroffen, diejenigen, die man nur als Indianer bezeichnete, denen man allerdings in vielen Fällen noch wesentlich unpassendere und unschönere Namen gab. Ihrer traditionellen Lebensweise beraubt, waren sie oftmals Wanderer zwischen den Welten: Ausgestoßen aus dem eigenen Stamm und abgelehnt vom weißen Kanada, führten sie in der Stadt ein jämmerliches Dasein. Ihre Kinder befanden sich in vielen Fällen in sogenannten Residential Schools, das heißt, sie waren aus dem Kreise der Familie herausgerissen worden um nun in Internaten die Lebensweise der Weißen zu erlernen und die eigene zu vergessen.

Dies war das Vancouver, auf dessen Pflaster Bill Tyrone und die drei übrigen Überlebenden der *White Shark* in jenen Tagen ihre Füße setzten. Tyrone, den schlimme Konflikte plagten, hatte sich, kaum an Land, in die Granville Street aufgemacht und dort systematisch begonnen sich zu betrinken.

Er kannte ein Irish Pub auf der Granville, dessen Besitzer, ein alter Ire, sich immer freute, wenn er Landsleute oder Männer irischen Blutes traf. Tyrone hatte sich oftmals mit ihm unterhalten und auch diesmal war die Begegnung herzlich und die ersten Runden Guinness und Jameson gingen auf Kosten des Hauses. Dann setzte sich der Wirt, dessen Name Shannigan war, auf den freien Barhocker neben Tyrone und informierte diesen in flüsterndem Tonfall, dass die ganze Stadt in Aufruhr sei aufgrund eines Massakers, das amerikanische Seeleute auf den Queen Charlotte Inseln im Norden verursacht hätten.

Tyrone hatte Mühe, sein Erstaunen zu verbergen, doch ein halbes Leben als Pokerspieler hatte ihn gelehrt, mit den eigenen Emotionen vorsichtig und sparsam umzugehen.

Daher zeigte er zunächst keinerlei Reaktion, als Shannigan ihm berichtete, sondern schenkte sich in aller Ruhe einen neuen Drink ein. Dann nickte er gravitätisch und ließ sich derbe fluchend über das Wesen vieler amerikanischer Seeleute aus. Alle, die kein irisches Blut in den Adern hätten, seien Hurensöhne und Sodomisten. Damit war das Thema vom Tisch.

Doch so kühl Tyrone äußerlich wirken konnte, so heiß brodelten seine Gefühle im Innern. Die Wut auf die Mannschaft und die sinnlos verübten Grausamkeiten ließ ihn unwillkürlich seine Fäuste ballen. Er goss sich noch zwei große Whiskeys ein und trank sie in schneller Folge.

Vermutlich wäre er Herr seiner Gefühle geblieben, hätte er nicht mit einem Male eine kalte Hand auf der Schulter gespürt und im nächsten Augenblick in die grinsende Fratze Jack Treshers geblickt.

Warum auch immer Tresher damals ausgerechnet in jenes Pub gegangen war, sollte Tyrone für den Rest seines Lebens ein Rätsel bleiben. Auch die Frage, warum der Mann sich nicht zurückgezogen hatte, als er seinen Steuermann mit dem Rücken zur Bar hatte sitzen sehen, sollte Letzteren noch lange beschäftigen. Wie auch immer, dies war zu viel der Provokation für den nervlich überreizten, angetrunkenen Walfänger.

Ohne lange zu überlegen, spaltete er Tresher mit einer wuchtigen linken Geraden die Lippen, ließ eine schwere Rechte folgen, die den Mann unterhalb des Auges traf und schloss die Kombination mit einer weiteren furchtbaren Linken ab, die Treshers Nase zerbrach wie ein Stück trockenen Schiffszwieback. Der Getroffene wich taumelnd zurück und die übrigen Gäste des Pubs machten den Kämpfenden Platz, denn sie waren dergleichen gewöhnt.

Doch es hätte Tyrone klar sein müssen, dass sich einer wie Jack Tresher nicht auf einen Faustkampf einlassen würde. Dieser zog augenblicklich, während ihm das Blut in Rinnsalen aus der Nase schoss, ein rasiermesserscharfes Bootsmesser unter dem Rock hervor und wiegte es in der Hand. Obwohl sein Gesichtsausdruck verriet, dass er vor Wut kochte, blieb der Mann überraschend gelassen und verhielt sich wie jemand, dem dergleichen Situationen nicht unbekannt sind.

Für einen Unbeteiligten musste es aussehen, als sei Tresher von einem Trupp Marineinfanteristen verdroschen worden. Seine Lippen waren bereits angeschwollen, aus seiner Nase lief das Blut und der Cut unter dem linken Auge war tief wie von einem Beil und fing ebenfalls zu bluten an. Doch Tyrone wusste nur zu gut, dass keine der Verletzungen dazu geeignet war, einen zu allem Entschlossenen zur Aufgabe zu zwingen. Vielmehr hatten die Treffer seinen Gegner erst in die richtige Laune gebracht. Lediglich der Nasenbeinbruch und das Blut würden in einem längeren Kampf eine Behinderung der Atmung Treshers darstellen; der Cut war unter dem Auge und daher ungeeignet, die Sicht seines Gegners zu beeinträchtigen.

Wäre die Verletzung nur etwas höher, dachte Tyrone für einen Sekundenbruchteil, und betrachtete die schwere, scharfe Klinge, die der andere in der Rechten hielt. Er selbst war unbewaffnet und hatte dem Bootsmesser nichts entgegenzusetzen außer seinen nackten Fäusten. Doch dies, soviel war klar, würde sowieso kein reiner Faustkampf werden, sondern vielmehr ein Ringen ums nackte Überleben.

Tresher hielt sich, seiner berüchtigten Wut und Unbeherrschtheit zum Trotz, mit seinem Messer zurück und das beunruhigte Tyrone. Sicher, Jack Tresher mochte Respekt vor einem derartigen Gegner haben, doch in einer derartigen Situation wäre Tyrone ein blinder wütender Angriff der Messerhand das Liebste gewesen.

So beschloss Tyrone selbst die Initiative übernehmen und verpasste dem Bootsmann der *White Shark* einen tiefen Tritt gegen den Oberschenkel. Dieser Angriff überraschte letzteren und Tyrone versuchte nachzusetzen, indem er ein paar kurze Gerade in Richtung Kopf schlug. Doch Tresher war zu geschickt mit dem Messer und brachte die lange Klinge zwischen sich und Tyrones fliegende Fäuste. Dieser musste einen Aufschrei unterdrücken, als seine blitzartige Linke mit dem scharfen Stahl kollidierte. Blutstropfen flogen durch den verrauchten Raum.

Tresher zeigte ein teuflisches Grinsen abgebrochener Zähne und wagte nun selbst eine flinke Attacke mit der Klinge. Zuerst oben fintierend, stieß er das Messer anschließend in Richtung von Tyrones Bauch. Dieser konnte nur einen schnellen Schritt zur Seite machen und den Messerarm mit dem eigenen Unterarm abwehren. Dies bescherte ihm jedoch eine weitere oberflächliche Schnittverletzung.

Doch nun wurde sich der hämisch grinsende Tresher seiner Sache allzu sicher, ja er erging sich in seinem scheinbar greifbaren Triumph. Die flinken Bewegungen eines eleganten Fechters imitierend, führte er weitere Attacken aus, traf Tyrone hin und wieder leicht mit der Messerspitze und kommentierte dies mit einem böswilligen Fechtergruß mit der Klinge. Tyrone jedoch, körperlich ein Kampfstier und innerlich ein Krieger bis ins Mark, ließ sich von der Klinge nicht einschüchtern. Er kannte die Gefahren, die von ihr ausgingen und musterte die Bewegungen seines Gegners mit gelassenem Kalkül.

Dann, als Tresher einen weiteren Ausfall wagte, sah er die Lücke und schlug zu: Nach einem sidestep auf das linke Bein war er der Klinge um ein Haar entgangen und hatte Platz für seine Rechte: Krachend schlug die schwere Faust zu und traf den

Bootsmann an der Schläfe, so dass dieser im Begriff war, zu Boden zu gehen.

Doch im nächsten Augenblick war Tyrone an ihm dran, schlug das Messer aus der Hand des anderen, packte ihn an den Oberschenkeln und warf ihn nieder, sodass er selbst mit all seinem Gewicht obenauf landete. Diese Aktion hatte er von den Ringern gelernt und sie war ihm in so manchem Straßenkampf von Nutzen gewesen. Im Nu befand sich der verdutzte Tresher in Rückenlage und der schwere Koloss auf ihm bearbeitete dessen Gesicht systematisch mit schweren Hammerschlägen.

Tresher konnte nichts tun, als das eigene Gesicht mit den Händen zu schützen und kassierte furchtbare Prügel. Doch dann schaffte er es irgendwie, sich aus seiner aussichtslosen Position herauszuwinden und mit der Rechten das entglittene Messer zu greifen. Ein Raunen ging durch die Zuschauergruppe, als sich seine Faust um den hölzernen Griff schloss und er zu einem hinterhältigen Stoß gegen Tyrones Seite ausholte. Allerdings hatte dieser die Gefahr bereits wahrgenommen und seine linke Hand nahm den Hals des entgleitenden Bootsmannes in einen furchtbaren Würgegriff. Dabei spannte sich sein gewaltiger linker Bizeps um den Nacken des Gegners, und zwar mit solch brutaler und ruckartiger Gewalt, dass dieser augenblicklich in seiner Bewegung erstarrte.

Seltsamerweise bewegte sich die Messerhand jedoch wieder, als Tyrone seinen Griff einer Schraubzwinge gleich noch weiter verstärkte. Es schien für die Zuschauer, als spüre Jack Tresher, wie sein hünenhafter Gegner das Leben aus ihm herauspresste und als müsse er nun sein letztes Ass aus dem Ärmel ziehen um diesem entgegenzuwirken. Langsam neigte sich die Spitze des Bootsmessers in Richtung von Tyrones Rippen und näherte sich mit tödlicher Sicherheit. Da presste Tyrone mit allem zu, was er hatte, einen urgewaltigen Schrei ausstoßend.

Mit einem Male war ein krampfhaftes Röcheln von Tresher zu vernehmen, dann wich die Spannung aus seinem blau angelaufenen Gesicht, der Blick wurde starr, und mit einem letzten Zucken seiner Beine war es vorüber. Als Tyrone seinen Griff nach einiger Zeit löste und sich aufrichtete, war er schweißgebadet und glücklich, überlebt zu haben. Shannigan klopfte ihm auf die Schulter, doch Tyrone lehnte den Drink ab, der ihm daraufhin angeboten wurde. Langsam löste die Menge der Zuschauer sich auf; sie alle hatten einen fairen Kampf gesehen und niemand, so viel war sicher, würde die Polizei rufen.

Tyrone und Shannigan schleppten den Toten in die Küche des Pubs, wo sie ihn in alte Kartoffelsäcke wickelten. Dann trugen sie ihn, so als sei es das Normalste der Welt, von der Granville Street aus zur Waterfront. Niemand behelligte sie und ein Ruderboot setzte Tyrone und seinen verblichenen Bootsmann zur *White Shark* über.

Dort angekommen, erstattete er dem Alten Bericht. Dieser schenkte seinem Steuermann Glauben; schließlich war er mit dem Toten an Bord gekommen und es gab genug Zeugen, zuvorderst Shannigan und seine Bekannten, die für Tyrone ausgesagt hätten.

Anschließend ließ sich Tyrone einen Vorschuss auf seinen Anteil an der Ladung ausbezahlen, musterte ab und kehrte der scheinbar verfluchten *White Shark* auf ewig den Rücken zu.

Ein bedrohtes Volk

Diese Erinnerungen verschlechterten Tyrones Schlaf zusehends und tagsüber fühlte er sich schlaff und ausgelaugt.

Dennoch kamen sie weiterhin gut voran, und nach ein paar weiteren Tagen stoppte Torok abends beide Gespanne, deutete mit der Hand gen Horizont und murmelte jene Zauberformel, die sie beide das erste Mal in der Inuithütte ausgesprochen hatten: *Sitka.*

Dort hinten lag es also, jenseits der schneebedeckten Hügel, die legendäre einstige Handelsstadt der Russen und Tlingit, nun Zentrum amerikanischen Walfangs und sonstiger Unternehmungen, die mit dem Norden zu tun hatten.

Tyrone konnte es kaum glauben. War er wirklich schon am Ende seiner ersten Etappe angelangt? An einem geschützten Fleckchen unter ein paar krummen Fichten machten sie Rast, schirrten die Hunde aus und bereiteten ihnen das Futter zu, über das die Tiere bald gierig herfielen. Anschließend entfachten sie ein großes Feuer mit dem umher liegenden Holz, bis der Schnee im Umkreis von ein paar Metern geschmolzen war und sie ein bequemes Lager im Trockenen herrichten konnten. Der Inuit bereitete eine Mahlzeit aus Robbenfleisch zu, und nachdem sie gegessen hatten, zog er eine klobige hölzerne Pfeife hervor, steckte den Tabak in Brand, nahm ein paar tiefe Züge und reichte sie dann seinem Freund.

Tyrone bedankte sich auf Russisch und fügte hinzu, dass er ihm für vieles zu danken habe. Torok hingegen winkte ab und antwortete gebrochen, dass man einem Freund nicht zu danken brauche. Dann deutete er auf das Gespann, mit dem Tyrone so weit gereist war und sagte schlicht: „Deins."

Der Ire wollte sich gegen ein solches Geschenk verwehren, doch Torok hieß ihn schweigen und erklärte in seiner gebrochenen Sprechweise, er werde am nächsten Morgen abfahren und in seine Heimat zurückkehren, Tyrone hingegen solle die Hunde in Sitka verkaufen, um sich von dort eine Schiffspassage nach San Francisco ermöglichen zu können.

„Ich nach Hause, du nach Hause, Freund." sagte er, und lächelte.

„Nach Hause sehr gut für einen Mann."

„Ja." meinte Tyrone nur, und nun verstand auch er seinen Freund ein wenig mehr. Er besaß nicht viel, was er dem Inuit zum Dank hätte geben können, doch mit Freuden reichte er ihm das Messer, das ihm oft das Leben gerettet hatte, und sagte: „Durch diese Reise fand ich den Weg zu mir selbst. Du hast mir beigestanden. Ich danke dir."

Sie redeten noch eine Weile, dann forderte die lange Reise ihren Tribut, und Tyrone schlief ein.

Als er am nächsten Morgen erwachte, stand die Sonne bereits am Himmel, und kroch verwundert aus dem dicken Schlafsack.

„Torok?" murmelte er und sah sich um. Doch der Inuit war verschwunden. Die Spuren seines Gespannes verliefen gen Norden, in Richtung seiner Heimat. Tyrones Hunde lagen angebunden im Schnee und wedelten eifrig mit den Schwänzen, als sie sahen, dass ihr Herr wach war. Noch einmal blickte der Abenteurer nach Norden, ein leises

„Danke" auf den Lippen, dann schirrte er die Tiere an, verstaute die Ausrüstung und machte sich auf in Richtung der legendären Stadt Sitka.

Es war wieder kälter geworden, und aus einem lichten Schneefall wurden so dichte Schauer, dass er die Hand kaum noch vor Augen sah. Die Hunde jedoch führten ihn ohne zu zögern weiter, den vielen Fährten von Hunden und Pferden nach, die auf die Stadt zuhielten.

Und so ließ Bill Tyrone den Hohen Norden hinter sich, mit einer Spur von Wehmut zwar, doch auch voll freudiger Erwartung auf das, was kommen werde, und mit einem Herzen, das sich nach mehr Wärme sehnte.

Noch bevor es dunkelte, tauchten der Umrisse der Stadt aus dem Schneegestöber auf, das alte russische Fort, die Kirche mit der Zwiebelkuppel, die festen Blockhäuser der Siedler mit ihren rauchenden Kaminen und unzähligen Hütten der Tlingit.

Er spornte die Hunde zu einem letzten Sprint an, und bereits in diesem Moment wusste er, dass sie ihm fehlen würden, genauso wie das Gefühl, auf einem Schlitten stehend durch die endlosen Weiten des Nordens zu fahren.

Am Ende der Zeit, die Tyrone mit den Inuit gelebt hatte, musste er unweigerlich einige Dinge erkennen. Diese Menschen waren ungewöhnlich und besaßen besondere spirituelle Fähigkeiten. Die Tatsache, dass er den Inuit begegnet war und zugleich dieses faszinierende wie lebensfeindliche Land hatte bereisen können, war für ihn eine unschätzbare Erfahrung.

Ähnlich war es ihm auch ergangen, als er vor Jahren unter den Indianern gelebt hatte. Schon damals war ihm aufgegangen, dass das Schicksal der Naturvölker auf dieser Welt besiegelt zu sein schien. Die Indianer in den Vereinigten Staaten sahen sich gerade mit dem Ende der freien Herrschaft über ihre Heimat konfrontiert.

Viele Stämme, auch westlich des Mississippi, waren bereits besiegt und fristeten ein trauriges Dasein in winzigen Reservaten, die mit ihrem traditionellen Lebensweg nichts mehr gemein hatten. Nun ging es allmählich den mächtigen Stämmen der westlichen Prärien und Gebirge an den Kragen. Die Sioux, die Cheyenne, die Comanchen und die Blackfoot kämpften um ihr Überleben, doch der Ausgang dieser Indianerkriege schien allzu eindeutig. Kein freies Volk, und war es noch so wehrhaft, konnte sich gegen die weiße Überzahl und den industriellen wie technischen Fortschritt behaupten, gegen Artillerie, Hinterladergewehre und Schnellfeuerkanonen.

Noch war die US-Armee vom jahrelangen Bürgerkrieg geschwächt und die Kavallerie hatte einige Mühe, ihre steife Taktik an die Kriegsführung der Eingeborenen anzupassen. Dies konnte jedoch lediglich für eine kurze Verzögerung und eine Atempause für die Indianer sorgen, keinesfalls etwa für einen dauerhaften Vorteil.

Darüber hinaus bekämpften sich die verbliebenen freien Stämme seit Jahrhunderten gegenseitig. Teilweise lagen Feindschaften und Hass derart tief, dass sich junge Krieger eher als Scouts bei der Armee verpflichteten und mithalfen, die letzten freien Uramerikaner zu versklaven, als sich einem gemeinsamen Freiheitskampf anzuschließen.

Direkt nach Ende des Bürgerkrieges war Tyrone noch Westen gegangen und hatte unter anderem als Büffeljäger sein Geld verdient. Er hatte seine Sharps Rifle aus dem Bürgerkrieg geschultert, einen billigen Klepper gekauft und war mit einer Handvoll Besitztümer nach Westen gegangen. Dort hatte man Verwendung für einen wie ihn gehabt, einen jungen Mann ohne Skrupel, der meisterhaft mit jeder Waffe umzugehen wusste. Zunächst waren es Büffel gewesen, auf die er gefeuert hatte. Wie einen Tagelöhner hatte man ihn bezahlt, für jeden toten Büffel gab es ein paar Cent. Für Männer, die sich die Finger schmutzig machten, schien es zunächst ein überaus lukratives Geschäft zu sein, vorausgesetzt, man überlebte die schmutzigen Zeltstädte mit ihrer Gewalt, ihren Huren und ihren Unmengen Whiskey.

Das alles war vor seiner Zeit unter Indianern gewesen und erst später, als er eine andere Kultur kennengelernt hatte, war ihm aufgegangen, was für eine nichtige, unwürdige Tätigkeit die Büffeljagd, so wie sie die Weißen ausübten, doch war. Es ging, anders als bei den Indianern, nur darum, die Tiere massenhaft auszurotten um einerseits kommerziellen Profit mit ihren Fellen zu machen und andererseits den Indianern ihre natürliche Nahrungsquelle zu entziehen. US-Generäle wie Sherman und Sheridan, eingefleischte Indianerhasser, hatten sich diese grausam absurde Taktik ausgedacht um einerseits Siedler gen Westen zu locken und andererseits die letzten großen Stämme aus ihren traditionellen Lebensräumen zu vertreiben. So plump und brutal diese Taktik war, sie schien bereits Erfolge zu verzeichnen und nicht mehr viel

Zeit würde vergehen und die Stämme der Prärie würden dem weißen Mann weichen müssen.

Als sich im Vorjahr Central und Union Pacific vereinigt und somit eine durchgehende Eisenbahnlinie geschaffen hatten, die Osten und Westen der USA verband, schien das Schicksal einer Jahrtausende alten Kultur endgültig besiegelt. Das eiserne Ross war ein Fluch des neunzehnten Jahrhunderts, den alle Zauber der Schamanen nicht hinwegfegen konnten. Mit ihm kamen Wohlstand und Fortschritt für die weiße Rasse und Niedergang für den roten Mann. Auch der Walfang mit kommerziellem Hintergrund war ein verachtungswürdiges und übles Bestreben, das hatte Tyrone schon begriffen, bevor er mit der *Whale* ausgelaufen war, doch irgendwie hatten der Drang nach Abenteuer und persönliche Eitelkeiten ihn weitermachen lassen.

Nun, so wusste er, konnte er all dies hinter sich lassen und aus seiner Vergangenheit lernen. Für die Indianer der Prärien, das war eindeutig, kam die Hilfe vermutlich zu spät. Sie hielten das kürzere Ende in der Hand und würden im Laufe des Jahrzehnts weichen müssen.

Die Inuit besaßen noch einen letzten Vorteil gegenüber den Indianern der Vereinigten Staaten, und das waren geografische Lage und Klima ihrer Heimat. Bis auf vereinzelte Trapper, Walfänger oder Entdecker hatten die Inuit Alaskas noch nie einen Weißen zu Gesicht bekommen, doch Tyrone ahnte, dass sich dies sehr bald ändern würde.

Diese Gedanken lasteten sehr auf Tyrone, doch wusste er nicht, ob und wie er es Torok sagen sollte. Was würde er damit erreichen? Eine tiefe Traurigkeit ergriff ihn, doch verfiel er nicht etwa in Melancholie, wie er es vermutlich damals getan hätte. In seinem alten Leben hatte der sich Abenteurer nie um die Sorgen anderer gekümmert, er war stets nur auf sich selbst bezogen gewesen. Zwar hatte er unter den Indianern gelebt, doch niemals wäre es ihm in den Sinn gekommen, sich für die Sache des Roten Mannes einzusetzen. Er hatte seinen Profit aus den Erfahrungen gezogen, die er bei den Wilden gemacht hatte, doch ihr Fortbestand lag ihm nicht unmittelbar am Herzen. Letzten Endes hatte er die Dinge als Gegebenheiten hingenommen, auch wenn er nicht an das Schicksal glaubte.

Sein Leben war von scheinbar unüberwindbaren Gegensätzen durchflochten gewesen, und gelegentlich hatte er sich im Spiegel selbst nicht mehr in die Augen zu sehen vermocht. In jenen Momenten offenbarte sich die dunkle Seite des großen Abenteurers, und Abgründe taten sich auf. Es war eine Seite, die niemand außer ihm kannte, ein fernes, finsteres Land, zu dem niemand Zutritt hatte außer ihm selbst.

Möglicherweise war auch Sarah im Begriff gewesen, etwas von jenem Land zu erahnen, doch Tyrone hatte sie verlassen, bevor sie imstande gewesen war, sich ein wirkliches Bild von dem Vater ihres künftigen Kindes zu machen.

Inzwischen hatte Tyrone sich jedoch verändert, und zu dieser Veränderung hatte seine Zeit in den Weiten Alaskas nicht unerheblich beigetragen. Er war nicht mehr der eiskalte berechnende Walfänger, der mit seinem Leben und dem anderer pokerte. Seine Gedanken drehten sich nicht mehr um

Handelskurse und Währungen, um Schifffahrts-
routen und navigatorische Probleme.

In stillen Momenten kam es vor, dass sein ganzes
Leben an ihm vorbeizog, dieses Leben mit all dem
Großen, den Erfolgen und wichtigen Erfahrungen,
doch auch besonders mit den Verfehlungen die er
sich vorwarf.

Was war es nur gewesen, dass er all die Jahre gesucht hatte, dem er auf manische Weise durch vier
Kontinente gefolgt war? Worum handelte es sich
bei dem Gral der Walfänger? Um Walfett und
Lampenöl, Gold und Silber, Schnaps und Huren,
oder ging es um etwas ganz anderes? War eine
zentrale Motivation von Tyrones Handeln nicht
letzten Endes die Sucht gewesen?

Er war süchtig, das musste er sich eingestehen,
süchtig nach Abenteuer, nach dem Wind in seinem
Gesicht, nach Kämpfen und Trinkgelagen, und
nicht zuletzt nach Anerkennung. Es schien als suche er nach Wiedergutmachung für harte und arm-
selige Jugend und für das Schicksal, das viele der
irischen Einwanderer mit ihm geteilt hatten.

Vermutlich war das was er immer gesucht hatte die
Vorstellung von etwas, das gar nicht existierte. Mit
einem Male war es, als sähe Tyrone mehr als nur
die Kulissen. Es schien ihm, als könne er weit und
tief blicken, und als sei es ihm vergönnt, die Zu-
sammenhänge des Lebens erstmalig zu erahnen.

Früher war es ihm immer bloß um Vordergründi-
ges gegangen, und nicht selten hatte er nichts als
den Vorsatz gehabt, den nächsten Tag zu erleben.
Dafür waren der Hunger der frühen Jahre und die
ihn ständig begleitende Gefahr verantwortlich gewesen.

Er hatte immer höher gepokert um besser und erfolgreicher als andere zu sein, und dies entsprach seinem archaischen Überlebenswillen. Schließlich hatte sich sein Dasein zu einer immer rasanter werdenden Karussellfahrt entwickelt, die er nicht mehr beenden hatte können.

Genau genommen hatte er – und das musste er sich selbst eingestehen – bei der Wahl seiner Frau nur aus reinem Selbsterhaltungstrieb gehandelt. Der Wunsch, dass irgendetwas von ihm nach seinem Tode weiterleben würde, hatte sich als stärker erwiesen als die Frage, ob sich für eine Ehe bereit fühlte.

Irgendwie, so fand er, stand er damit auf einer Stufe mit dem Urmenschen. Denn gerade weil er unreif für die Ehe gewesen war, hatte er Sarah auf so schändliche Weise verlassen, hochschwanger und völlig ahnungslos. Sein Drang, seine Sucht nach Ruhm und Abenteuer hatten ihn zur größten Schandtat seines Lebens verleitet. Dafür hatte er den Tod verdient. Andererseits schien es irgendetwas zu geben, das ihn auf unerklärliche Weise vom Sterben abgehalten hatte. Vielleicht war es nun seine Aufgabe weiterzuleben und andere an seiner Erfahrung und Erkenntnis teilhaben zu lassen. Möglicherweise war es auch an der Zeit, ein paar Dinge richtig zu machen.

Gelegentlich fragte er sich, ob er nicht einfach nur den Verstand verloren hatte auf den vielen hundert Meilen durch die eisige Wildnis, und ob sein Überleben nicht lediglich eine Kette unzähliger Zufälle gewesen war. Schließlich war Bill Tyrone alles andere als ein gläubiger Mann. Vielmehr glaubte er an die Kräfte der Natur und des Verstandes, an die

Lehre der Aufklärung und Wissenschaft. Letztlich konnte es sich bei seiner Odyssee auch um natürliche Vorgänge handeln, die er aufgrund seiner Überreizung fehl deutete.

Der Wal, den er zu sehen geglaubt hatte, war genauso rätselhaft wie das Rudel Wölfe, das ihn mit Leichtigkeit hätte töten können, stattdessen aber einen anderen Weg gewählt hatte.

Torok war ihm ein verständnisvoller Gefährte gewesen, wenngleich sich ihre Kommunikation auf ein Minimum hatte beschränken müssen. Oftmals, wenn sie abends in dem mit Walhaut bespannten Zelt gesessen hatten, müde von den Strapazen langer Tage, da hatte Tyrone das Gefühl gehabt, dass dieser kleine unscheinbare Inuit über eine erstaunliche spirituelle Gabe verfügte. Eventuell, so hatte ihm der Verstand gesagt, lag es nur an der Physiognomie des Eingeborenen oder an der Art wie sich das Licht in dessen Augen spiegelte, doch es war ihm immer so vorgekommen, als könne der andere Tyrones Ängste und Sorgen nur allzu gut verstehen.

Seine Veränderung wurde allerdings immer deutlicher. Sie zeigte sich darin, dass sein abgebrühtes, kühles Auftreten und die Maskenhaftigkeit seiner Gesichtszüge verschwunden waren. Sie waren natürlichen, nicht mehr berechneten Bewegungen und einer großen Gelassenheit gewichen. Zum einen lag dies ohne Zweifel daran, dass er mit dem Trinken aufgehört hatte. Darüber hinaus hatte er zum ersten Mal das Gefühl, dass ihm die Niederlage, die ihm bereitet worden war, irgendwie gut zu tun schien.

Sein Mythos von Unbesiegbarkeit und kalter Gefühllosigkeit hatte erst zerstört werden müssen, damit er zu dem werden konnte, was er niemals zuvor hatte sein können: Ein menschliches Wesen mit all seinen Selbstzweifeln, allen Höhen und Tiefen der Emotion, das in der Lage war, der Wahrheit ins Auge zu sehen.

Und so schwor sich Bill Tyrone kurzerhand, dass er sich als Dank für das Erfahrene für die Rechte der Inuit einsetzen würde. Nicht auf die Art, auf die er es damals vielleicht getan hätte, nämlich mit seinen Fäusten und seinem Gewehr, sondern auf eine andere, viel wirksamere Weise. Er würde die Kraft seines Geistes zu einer Waffe machen, seine Fähigkeiten und seine Bildung zum Einsatz bringen, um einem bedrohten Volk zur Seite zu stehen. Dies würde er sich zu einer Lebensaufgabe machen.

Überfahrt nach San Francisco

In Sitka angekommen wählte Tyrone sofort das erstbeste Schiff für die Reise nach Frisco. Sein Geld, welches ihm Conway damals gelassen hatte, reichte dazu mehr als aus. Zusätzlich besorgte er sich ein paar neue Kleider und etwas Ausrüstung für die kommenden Wochen.

Die Passage von Sitka nach Frisco ließ ihm viel Zeit zum Nachdenken. Als sich die Brigg ihren Weg durch die Wellen bahnte, überkam ihn zum ersten Male der Gedanke, der See den Rücken zuzukehren. Wenn Conway gefunden und Rache genommen hätte, könnte er auf seine Farm zurückkehren und ein ruhiges Leben an Land führen. Doch war er wirklich dazu bereit? Noch vor ein paar Wochen hätte er keinen Gedanken daran verschwendet, doch auf einmal erschien es ihm gar nicht mehr so abwegig.

Irgendwie hatte er von der See Abschied genommen, als er in dem zerbrechlichen Boot mitten durch die Beringsee getrieben war. Mit dem kleinen geschnitzten Wal, den er in den Wogen versenkt hatte, war auch ein Teil seines alten Lebens verabschiedet worden.

Die Veränderung, die seine Reise in ihm bewirkt hatte, ließ ihn auch mehr und mehr den Hass und den Zorn überwinden. Nicht alles von dem war ihm bewusst, doch spürte er, dass etwas Bedeutsames in ihm vorging.

Zum ersten Male begann er sich wirklich für die Außenwelt zu interessieren, und nicht nur für Sonnenaufgänge über der rauen See, sondern etwa auch für die unseligen Wale, die er so lange gejagt hatte, für das Schicksal der Inuit und das seiner eigenen Frau.

An einem trüben Tag stand Tyrone an der Reling des Schiffes und sah hinaus auf das aufgewühlte Meer. Bilder spielten sich vor seinen Augen ab, und er blickte weit zurück in die Vergangenheit. Plötzlich schien er sie noch einmal zu durchleben, die schweren Jahre, als er sich mit zermürbender Plackerei und enormer Hartnäckigkeit eine kleine Farm in Louisiana aufzubauen versucht hatte.

In jenen Tagen vor dem großen Bürgerkrieg war das Land von mächtigen Plantagenbesitzern beherrscht worden, die mit Hilfe von Sklavenheeren gigantische Felder mit Baumwolle, Indigo und Tabak bepflanzt und das wilde Land in landwirtschaftlich nutzbare Großflächen umgewandelt hatten. Nichts war jenen Großgrundbesitzern mehr zuwider gewesen als kleine Farmer, die mit ein paar Rindern, einem Kartoffelacker oder einer winzigen Tabakpflanzung ihr Überleben zu sichern versucht hatten.

Es war ein harter Kampf gewesen, aber nach einigen Jahren hatte es so ausgesehen, als habe Tyrone sich ein kleines Stückchen Freiheit erobert. Er hatte Sarah nach dem Krieg zur Frau genommen und dann Johnny Sterling, einen treuen alten Iren mit der Bewirtschaftung des Landes betraut. Dies hatte, wie er sich nun eingestehen musste, lediglich dem Zweck gedient, ihm, Tyrone, die Möglichkeit offen zu halten, jederzeit das Weite suchen zu können.

Er musste daran zurückdenken, wie er während des Krieges immer um seine winzige Farm gebangt hatte, als er irgendwo, manchmal hunderte

Meilen entfernt, mit seiner Kavallerieeinheit gegen die Yankees ausgezogen war. Seine Befürchtung, dass ihn die Unionisten nach ihrem etwaigen Sieg enteignen würden, hatte sich nicht bewahrheitet. Sie hatten zwar alle Großgrundbesitzer enteignet, die Sklaven befreit und die alte Lebensweise des Südens für immer beendet, doch die meisten kleinen Farmer hatten ihre Ländereien behalten können.

Als er aus dem Felde zurückgekommen war, hatte ihn der Anblick seiner eigenen Farm allerdings entsetzt. Die Felder hatten lange brachgelegen und waren mit Unkraut überwuchert, von seinem Viehbestand war kein einziges Tier mehr übrig und das kleine Farmhaus war von durchziehenden Truppen geplündert worden. Es hatte ihn von jenem Zeitpunkt an erneut viele Monate gekostet alles wieder auf Vordermann zu bringen. Von seinem Sold war bald nichts mehr übrig gewesen und lediglich durch Jagen und Fallenstellen hatte er jene Durststrecke überleben können.

Als er dann Johnny Sterling begegnet war, hatte er gewusst, dass er einen Mann getroffen hatte, der in der Lage war, die Farm weiterzuführen. Anschließend war Tyrone nach New Bedford gefahren, hatte auf einem Walfangschoner als Steuermann angeheuert und für einige Monate gutes Geld in den ertragreichen Fanggebieten des Atlantiks verdient. Von diesem Geld hatte er einiges in Vieh und Saatgut investiert, und auf diese Weise hatte es einige Jahre funktioniert. Als er dann Sarah kennen gelernt hatte, war es sein Wunsch geworden, dauerhaft mit ihr auf der Farm zu leben und eine

Familie zu gründen. Damals hatte er jedoch seine Umtriebigkeit und Abenteuerlust unterschätzt.

Nun sah Tyrone in die trüben Wellen und dachte, dass die wilden Zeiten für ihn nun endgültig vorbei waren und er sich nichts sehnlicher wünschte, als sie wieder in die Arme zu schließen. Sie und sein Kind. Das Kind, von dem er noch nicht einmal wusste, ob es ein Sohn oder eine Tochter war.

Die Docks von San Francisco, ein Monat später.

Als Tyrone zu schwitzen begann, streifte er den Seemannsrock ab und klemmte ihn unter den Arm. Auf der Strasse herrschte eine Hitze, die ihn taumeln ließ, und selbst im Hemd hatte er Mühe, nicht der Versuchung zu erliegen, auch dies abzustreifen.

Der Trubel war überraschend und befremdete ihn, einen Mann, der seit Monaten kaum einen Menschen gesehen hatte. Überall sah man Matrosen, die auf ihrem Landgang von Schenke zu Schenke zogen, Händler, die billige Waren feilboten, Kinder, die sich ein wenig mit Kurierdiensten oder Taschendiebstahl verdienten, und Hafenhuren, die mit obszönen Gesten einen jeden zu locken versuchten, der so aussah, als besäße er mehr als einen Dollar. Obwohl er die Einsamkeit lange hatte ertragen müssen und sie ihm einst wie eine Strafe Gottes vorgekommen war, wünschte sich Bill Tyrone in jenem Moment fort von dem Getümmel und an einen ruhigen Ort.

Doch waren es nicht eisige Landschaften, die ihm vorschwebten, sondern etwas ganz anderes. Als er mit einem Male gegen etwas stieß, riss ihn dies jedoch schnell aus den weiten Fernen. Etwas verdutzt sah er sich einer Straßenlaterne gegenüber, die er gedankenversunken angerempelt hatte.

Ein wenig peinlich berührt sah er sich um, und prompt fingen ein paar Straßenkinder an zu lachen. Für einen Augenblick starrte Tyrone sie grimmig an, dann konnte auch er sich ein breites Grinsen nicht mehr verkneifen.

Nach ein paar hundert Metern erblickte er einen vor Anker liegenden Walfänger, ein wenig kleiner als die *Whale*, doch voller im Bug und bei weitem nicht so schnittig und schön. Raschen Schrittes ging er auf den Schoner zu, und kurz darauf sah er auch einen Matrosen, der mit dem Spleißen von Tauwerk beschäftigt war. „Ahoi an Bord!" rief er. „Welches Schiff?", obwohl er den in vergammelten Lettern geschriebenen Namen an der Bordwand bereits erspäht hatte.

Der Matrose, ein ergrauter, hohlwangiger Mann mit der typischen Stummelpfeife zwischen den Zähnen musterte den Fragenden zunächst ein wenig argwöhnisch, doch nachdem sein Blick Tyrones Kleidung und Gesicht taxiert hatten, sah er ein wenig freundlicher drein und antwortete in breitem kalifornischem Dialekt: „Das ist die *Adriana*, Sir. War mal ein russischer Pott, seit ein paar Jahren fährt sie in diesen Gewässern. Wale und Robben, manchmal auch anderer Kram."

Tyrone überging das augenzwinkernde Geständnis des Mannes, obwohl er wusste, wie sehr der Schmuggel in den letzten Jahren zugenommen hatte, und dass er letztendlich nur dazu führte, die Ärmsten noch ärmer zu machen und nur einigen wenigen dienlich war. Er selbst hatte diese Art von Geschäften stets verachtet.

„Sag mal, mein Alter..." setzte er an, und kramte in seinen Taschen nach einer Münze, „ist in letzter Zeit so ein schnittiger Schoner hier vor Anker gegangen, so wie man sie nur an der Ostküste findet, europäische Bauart, du weißt schon?"

Der Matrose zuckte die Achseln: „Wissen Sie, Sir, es gibt hier so viele Schiffe, jeden Tag kommen neue herein, andere lichten den Anker, ich weiß nicht, ob ich Ihnen da weiterhelfen kann...“

In dem Moment flog die Goldmünze zielsicher in seine Richtung, und der Mann fing sie geschickt mit einer Hand und ließ sie irgendwo in seinen Lumpen verschwinden.

„Wenn mich nicht alles täuscht, Sir, dann hab ich ihn gesehen, Ihren Kahn, ist schon eine Weile her, drei Wochen vielleicht. Ja, die werde ich schon nicht vergessen, die schlanke Lady. *Whale* hat sie geheißen, nicht wahr?“

Tyrone nickte knapp und gab sich alle Mühe, so zu wirken, als habe die Information keine große Bedeutung für ihn.

„Ja, wie gesagt, schnittiges Schiff. So was sieht man hier nicht allzu oft. Sie lag recht lange hier vor Anker, die Schöne, gab wohl einiges auszubessern. Das schöne Ding sah aus, als wären die Kerle mitten durch die Hölle gesegelt, das ist die Wahrheit, Sir. Wenn Sie mich fragen, die sind gewiss weit oben im Norden gewesen. Sie lag sicher vierzehn Tage oder länger im Dock da hinten. Der Skipper kann kein armer Schlucker gewesen sein. Wer so viele Mäuse für die Reparatur investiert, für den muss sich so eine Fahrt schon lohnen. Die sind dann weiter Richtung Süden, hab so was singen hören, die wollten zurück an die verdammte Ostküste, New York, nehme ich an. Da ist das pralle Leben. Tja, dieses verdammte Nordmeer dort oben, das kann einen schnell umbringen, davon kann auch ich ein Liedchen singen, glauben Sie mir, Sir. Sir?“

Doch Tyrone hatte sich bereits abgewandt und ging weiter, ohne auf den Alten zu achten. Seine

Gedanken kreisten bereits um ganz andere, für ihn so elementare Dinge, dass er Nebensachen keine Aufmerksamkeit mehr schenken konnte. Zielstrebig schritt er voran, während der Alte die Stirn runzelte und nachdenklich das Gold in seiner Hand betrachtete.

In einem Gasthaus ein paar Straßen weiter nahm er eine deftige Mahlzeit zu sich, dann bestieg er die erstbeste Frachtkutsche gen Osten. Noch viele Male würde er im Verlaufe dieser Reise das Transportmittel wechseln müssen.

Louisiana

Und so ging es dann durch die Wüste von Nevada, dann durch das felsige, ausgedörrte Utah, in das Gebiet der Cheyenne im östlichen Colorado, durch welches ihn kein Kutscher begleiten wollte. So kaufte Tyrone in einem Handelsposten kurzerhand ein brauchbares Pferd und zog weiter, ohne von irgendeinem Menschen behelligt zu werden. Als er schließlich den Nordwesten Oklahomas erreicht hatte, kam ihm die Gegend bekannter, heimischer vor, und immer häufiger musste er sich zusammennehmen, das Pferd nicht ständig galoppieren zu lassen. Mit jeder Meile kamen Erinnerungen an seine Jahre in den Südstaaten auf, Erinnerungen, an die Frau, die er zurückgelassen hatte.

Wenn er dann abends sein Lager aufschlug, ein kleines Feuer machte und sich nach dem Essen sein Pfeifchen ansteckte, wurde es besonders schwierig für ihn. Den Blick gen Südwesten gerichtet verlor er sich in dem sternenklaren Himmel und fand oft stundenlang keinen Schlaf.

Er erinnerte sich in diesen Momenten wieder daran, dass es auch damals für ihn immer sehr schwer gewesen war, mit den Abenden umzugehen, mit jenen Stunden, in denen es nichts zu tun gab, und in denen man ins Nachdenken kommen konnte.

Damals hatte ihm der Whisky in solchen Situationen zur Verdrängung gedient, doch trotz des Schmerzes war er nun froh, sich solcher Mittel nicht mehr zu bedienen.

An jedem neuen Morgen stand er voller Energie auf, trank schnell eine Tasse heißen Kaffee und aß ein Stück Dörrfleisch, während er das Pferd sattelte und seine Decke zusammenrollte. Dann brach er voller Ungeduld auf, immer weiter in Richtung seiner verlorenen Heimat.

Arkansas hatte er schnell durchquert, und schon sehr bald lag ihm der Duft des alten Südens in der Nase: Es roch nach Mais- und Baumwollfeldern, nach Indigo, Schilf und tiefen Sümpfen, die ihn an vielen Stellen zu weiten Umwegen zwangen. Diese *Swamps* wurden von vielen ob ihrer Moskitos, Schlangen und Alligatoren gemieden und gefürchtet, für den alten Abenteurer hatten sie jedoch nichts Furchterregendes; vielmehr waren sie Naturparadiese, von denen kaum ein weißer Mann etwas verstand.

Bereits als er das erste Mal seinen Fuß auf diesen Boden gesetzt hatte, war es ihm unmöglich gewesen, sich der Faszination dieser Gebiete zu entziehen. Louisiana war, das wusste er nun, ein Land für Menschen wie ihn: Ein Land für Träumer, gescheiterte Existenzen, für Gestrandete. In einem solchen Land fror oder hungerte man nicht, denn es offenbarte alles, was zum Leben notwendig war, und mehr noch; für den, der ein Auge für die Dinge hatte und sie zu erschließen bereit war, ließ sich mit einfachen Mitteln sogar jene Bequemlichkeit, jener gewisse Luxus einrichten, für den dieser Teil des Südens stets berühmt gewesen war.

Als Tyrone einige Ansiedlungen, ausgedehnte Plantagen und kleine Weiler passierte, fiel ihm wieder die Lebensart dieser Menschen auf. Es war eine von vielen Einflüssen geprägte Kultur, die sich hier etabliert hatte, und die man aus politischen wie wirtschaftlichen Gründen in den Boden zu stampfen versuchte. Allerdings hatte der Krieg die Dinge nicht wirklich ändern können, und noch immer stellte dieses Land einen scharfen Gegensatz zum kühlen, kulturlosen und technokratischen Norden dar.

Noch etwa zwei stramme Tagesritte trennten ihn von seinem Ziel, Sarahs Heim, dem Haus, das sie von ihren Eltern ererbt hatte, als er sich mit einem Male wesentlich mehr Zeit ließ.

Je näher er der einstigen Geliebten nämlich kam, desto mehr begannen Zweifel an ihm zu nagen. Wie lange war es nun her, seit er sie verlassen hatte? Fast drei Jahre, überschlug Tyrone. Wie würde sie sich verhalten? Vielleicht empfände sie sogar nur Hass für ihn, möglicherweise gab es längst einen anderen Mann.

Er selbst hätte dies in jedem Falle gut verstehen können. Tyrones ursprüngliches Ziel, Conways Spur zu verfolgen und ihn auf seinem Gut in Louisiana aufzusuchen, war für den Abenteurer längst abstrakt geworden und letztendlich fast völlig verwischt. Es schien ihm, als haben die Eindrücke seiner langen Reise durch eisige Seen und den halben Kontinent jegliches Gefühl der Rache getilgt.

Als Bill Tyrone an jenem Abend am Lagerfeuer saß, musste er lange an Torok denken, seinen gutherzigen und aufgeweckten Inuit- Gefährten, der ihn so viele hundert Meilen durch Eis und Schnee begleitet hatte. Er erinnerte sich an ihre Fahrt über den stellenweise zugefrorenen Yukon, an die Nachtlager, während denen sie in ihren dicken, aus Robbenfell genähten Schlafsäcken lagen und der Atem in den Kragen gefror, an die scheinbar endlosen Fahrten auf den Hundeschlitten, vorbei an fernen Gletschern, Seen und Flüssen aus schimmerndem Eis, immer weiter durch die Einöde.

Mit einem Male befiel ihn eine starke Sehnsucht nach dem allen, und es fiel ihm schwer, sich ein geregeltes Leben ohne Nervenkitzel und Herausforderung vorzustellen.

„So alt bist du noch nicht, Bill." Murmelte er vor sich hin, dann schlief er ein.

In der Nacht plagten ihn Traumbilder, sein ganzes bisheriges Leben schien sich vor seinem inneren Auge abzuspielen, er sah sich als jungen in der ärmlichen Heimat, dann, ein wenig reifer, auf der Überfahrt nach Amerika, hin und her gerissen zwischen furchtbarem Heimweh und starker Zuversicht.

Er sah sich im Krieg, das Gewehr auf einen Yankee anlegend, sah die Schiffe, auf denen er gefahren war, besonders stark und plastisch die *White Shark* im Pazifik und im Golf von Mexiko und natürlich die *Whale*.

Am nächsten Morgen erwachte er früh und mit brummendem Schädel, so wie nach einer durchzechten Nacht.

Müde und zerschlagen sattelte er das Pferd, brach das Lager ab und ritt weiter. Als die Sonne höher am Himmel stand, sah er an sich herunter: Die weite Reise von Frisco bis hierher hatte ihn gezeichnet: Seine Lederhosen waren speckig und an einigen Stellen zerschlissen, auch der Rock sah nicht besser aus. Sein Haar war fettig und er fühlte sich am ganzen Körper unsauber und ausgemergelt. Gegen Mittag erreichte er dann einen kleinen See, der von einem Bach gespeist wurde. Tyrones Entschluss war schnell gefasst, er stieg vom Pferd, entkleidete sich und badete in dem kühlen, herrlichen Nass.

Es war lange Zeit vergangen, seit er das letzte Mal derartige Labsal erfahren hatte, und er genoss es vollends und machte starke Schwimmzüge durch den klaren See. Und wie er dort schwamm und tauchte, da fielen allmählich die Schatten der Vergangenheit von ihm ab, und als er aus dem Wasser stieg, da fühlte er sich wie neugeboren und bestärkt. Für einen Moment musste er innehalten, und beinahe hätte er gebetet, doch es gab kein Gebet, dass ihm einfiel.

Tyrone beschloss, die Rast noch ein wenig auszudehnen, und begann mit dem Flicken seiner Kleidung. Dies nahm ihn fast bis zum Abend in Anspruch, und als er dann sein weidendes Pferd betrachtete, wandte er sich dem stark vernachlässigten, abgemagerten Tier zu. Er striegelte es sorgsam, bis das struppige Fell wieder glänzte, dann machte er erschöpft, aber zufrieden Feuer und kümmerte sich um eine einfache Mahlzeit.

„Wir werden morgen weiter reiten, mein Guter." Sagte er zu dem Hengst, den er an einen Baum gebunden hatte, dann rollte er sich in die Decke und schlief ein.

Die Entscheidung

Am nächsten Tage schlief er lange, und die Sonne stand bereits hoch am Himmel, als er endlich erwachte. Beim Frühstück ließ er sich besonders viel Zeit, and als er seine ausgebesserten Kleider anzog, ging er noch einmal an den See und betrachtete sein Spiegelbild im Wasser. Er sah gestärkt aus, aber dennoch irgendwie gezeichnet; optisch wirkte er wesentlich älter, als er sich es hatte vorstellen können. Wieder schweiften seine Gedanken ab, sie gingen Monate zurück, und er fand sich an Bord des Schoners wieder, der sich den Weg durch die eisige Beringsee pflügte. Er dachte noch einmal an Captain Conway, an Carter Lloyd, den Steuermann, und an den großen Fangtag, den er ihnen beschert hatte.

Ohne Zweifel war es eine wilde, schlimme Zeit gewesen, und er fühlte sich nun im Abstand dazu reifer, abgeklärter. Dennoch spürte er, dass ihm all dies fehlen würde. Für einen Moment sah er sich wieder an der Reling stehen, die Sonne ging auf und schickte ihre ersten zaghaften Strahlen über die Einöde zu dem kleinen, unbedeutenden Schiff und seiner Besatzung. Oben im Krähennest erschall der Ruf des Ausgucks, die kleine Fahne spielte im Wind, das Kielwasser war mächtig, und er atmete den Duft der Freiheit.

Konnte ein Mann freier sein als an Bord eines solchen Schiffes? Die erste Zeit auf See hatte sich damals gar nicht so frei angefühlt. Als er das erste Mal auf einem Schoner angeheuert hatte, war die Seefahrt für ihn eine gänzlich neue Erfahrung gewesen und er erinnerte sich nun an die entsetzlichen Anfälle der Seekrankheit, die ihn besonders nach dem Auslaufen überfallen hatten. In jenen Momenten, wenn das Schiff überholte und alles und jeden an Bord erbarmungslos durch die Luft schleuderte, wenn der Magen rebellierte und die Landratten dem Gott des Meeres opfern mussten, da war Tyrone die Seefahrt wenig romantisch, sondern ganz prosaisch erschienen. Er musste nun unwillkürlich grinsen, als er daran dachte, wie flau sein Magen in jenen ersten Wochen ständig gewesen und wie ihn jeder Gedanke an Essen angeekelt hatte. Es war sogar so weit gegangen, dass er diejenigen gehasst und innerlich verflucht hatte, die unbekümmert essen konnten, da ihnen die See nicht zusetzte.

Ebenso war es Tyrone auch mit all den vielen komplexen Dingen gegangen, die er über die Seefahrt hatte lernen müssen: Ob es sich um raumen Wind handelte, oder ob man gegen den Wind ankreuzen musste, was die Vorteile von Schratsegeln gegenüber Rahsegeln waren und welche unterschiedlichen Begriffe es für all das stehende oder laufende Gut gab, diese Dinge waren damals so neu für ihn gewesen, wie sie nun Teil seines Unterbewusstseins waren.

Und nun, da er die See kennen gelernt hatte, war sie zu seiner heimlichen Geliebten geworden: Das Wiegen des Decks unter seinen Füßen war nicht nur vertraut, sondern versetzte ihn in einen Zustand elementaren Glücks, so wie es einem Wal gehen musste, der durch die Tiefe glitt. Nun konnte sich auch Bill Tyrone, der Walfänger, als ein Teil des Ganzen fühlen.

Er dachte auch an seine Zeit an der unwirtlichen Westküste Alaskas zurück, dachte an die Wölfe und seine verzweifelten Versuche, sie abzuschütteln. Doch wie er es auch mit ihnen nicht vermocht hatte, so vermochte er es scheinbar auch nicht mit seiner Vergangenheit. Er konnte vielleicht die Schatten und Ängste loswerden, doch niemals die guten Erinnerungen. Sie blieben wie Pfeile in seiner Brust und ließen ihn nicht zur Ruhe kommen.

Mit größter Mühe holte sich Tyrone in die Realität zurück, tief bewegt senkte er sein Haupt, dann erst konnte er sich wieder auf den Weg machen.

Das Pferd ließ er langsam vor sich hin traben, gelegentlich parierte er es sogar noch, sodass es im Schritt voran trottete.

Die Landschaft wurde ihm stets vertrauter, beinahe jeden Baum und Strauch schien er zu kennen, er kannte die ausgetretenen Wege, die früher von Sklaven, heute von Angestellten benutzt wurden und an heißen Tagen vom Schweiße der Baumwollpflücker getränkt waren.

Die Baumwollsträucher wechselten sich ab mit Maispflanzungen, doch die Ernte war meist schon vorüber. Es war bereits Oktober. Zu seiner Linken erschien ein altes Gutshaus, es war in besseren Zeiten von einer vornehmen Familie bewohnt worden, nun stand es leer und Efeu wuchs an den Wänden. Blind blickten die scheibenlosen Fenster in die Landschaft, das Eingangstor war von Plünderern zerschlagen. An einem Baum hing eine Schaukel, davor lag im hohen Grase ein wenig Kinderspielzeug.

Tyrone lief ein Schauer über den Rücken und er zwang sich, in eine andere Richtung zu sehen.

Er war noch keine drei Stunden geritten, als sein Herz zu hämmern begann. Eine einzige Anhöhe noch, dann würde er das kleine Tal und das Haus vor sich liegen sehen.

Es war ein unwirkliches Gefühl, und obwohl alles so aussah, wie er es sich vorgestellt hatte, kam er sich vor wie in einem Traum.

Tyrone stieg ab und führte das Pferd am Zügel weiter. Die Luft war warm und doch erfrischend, Grillen zirpten im hohen Grase, die Bäume trugen ein Kleid aus sattem Grün, sie hatten trotz der Jahreszeit noch kaum verfärbt. Der Boden war fest und doch nicht steinig, zu seiner linken erspähte er Wild am Waldesrand. Vögel sangen, nicht eine Wolke stand am Himmel.

War dies etwa das, wofür er so gekämpft hatte? Während aller Leiden hatte er diesen Anblick vor Augen gehabt, und nun, als er wahrhaftig dort war, überkam ihn ein flaues Gefühl.

Weniger als hundert Yards, dann würde er die Anhöhe erreicht haben.

Sein Schritt wurde immer langsamer, schließlich blieb er stehen.

Hinter dem Hügel sah er Rauch, und glaubte bereits das Feuer im Ofen zu riechen und ihre Nähe zu spüren.

Er sah hinter sich, gen Westen. Allmählich wurde es Abend, und die Sonne nahm eine zauberhaft rötliche Färbung an. Dort lag noch soviel, das ihn herausforderte, soviel, dessen Existenz er nur erahnen konnte.

Kurzerhand stieg er auf, nahm die Zügel und lenkte das Pferd in Richtung der untergehenden Sonne.

„Tut mir leid, Sarah. Ich kann es nicht." Sagte Bill Tyrone bewegt, dann gab er dem Tier die Sporen und ritt davon, immer weiter in die unbekannte Ferne.

Er ritt, galoppierte über die grünen Hügel Louisianas, so als sei er auf der Flucht. Doch dann, er wusste nicht wie viel Zeit vergangen war, zügelte er sein Pferd.

„Doch." Sagte er. Dann noch einmal lauter und ein drittes Mal.

Diesmal würde er nicht mehr davonlaufen. Es gab keinen Zweifel daran, dass es nicht einfach werden würde, doch davonlaufen wollte er nicht mehr. Wann war es auch jemals einfach gewesen? Hatte er nicht immer den steinigen, den schweren Weg gehen müssen?

In diesem Falle, das realisierte er allerdings auch, spielte noch ein anderer Faktor eine Rolle. All den Herausforderungen, den Gefahren ins Auge zu blicken hatte ihm keine Furcht einjagen können. Weder die wilden Wale konnten Bill Tyrone schrecken, noch die schwersten Stürme oder grimmigsten Bären. Der Tod war ein Abstraktum, das er nicht fürchten konnte.

Eine Situation wie diese jedoch war ihm völlig fremd. Sie fürchtete er. Keine Vorbereitung half hier, keine rohe Muskelkraft und auch nicht die Fähigkeit einen Schoner zu segeln. Hier brauchte es Eigenschaften die Tyrone niemals besessen hatte, und die nur wenige Männer seiner Art besaßen.

Für einen Mann wie ihn war es immer einfacher, diesen Situationen den Rücken zu kehren. Man sattelte das Pferd und ritt einfach davon oder man stach in See und blickte nicht zurück.

Doch lagen nicht darin, im Zurückblicken, im Dableiben, die wahren Herausforderungen dieses Lebens? Waren es nicht die großen zwischenmenschlichen Konflikte, über die keine Bücher existierten, keine Akademien und nichts als die Schule des Lebens selbst? Das Zusammenleben der Menschen musste bedeutsamer sein, musste eine größere Rolle spielen, als es bisher in seinem Leben der Fall gewesen war.

Tyrone, der seinen Vater kaum richtig gekannt, und dem seine Mutter in sehr jungen Jahren nahegelegt hatte, die Familie zu verlassen und für sich selbst zu sorgen, besaß für derartige Situationen, etwa für Konflikte zwischen Mann und Frau, nur die Flucht als einzige Taktik. So war es gewesen, so lange er denken konnte.

Wenn es eine Lehre geben konnte, die er aus seiner Odyssee gezogen hatte, so musste es die sein, dass er nicht mehr fliehen wollte vor dem was ihn belastete. Er war geläutert worden, hatte sich verändert und zu öffnen gelernt, doch all dies, das spürte er nun, würde nichts nützen, wenn er jetzt davonritt. Die Zeit des Davonlaufens war vorüber, ein neues Zeitalter musste für ihn anbrechen, eines, in dem man seinen Ängsten und Sorgen in die Augen sah, anstatt den Blick abzuwenden.

Ganz langsam ergriff seine Linke die ledernen Zügel, er wendete das Pferd, gab ihm die Sporen und ritt auf das einsame Farmhaus zu.